ミステリー作家漱石の謎を解く

百年計画で斃すべき敵の正体

古山和男 著

JN104400

帝京新書
005

はじめに

「ミステリー」は、神の秘儀、人智では計り難いことを意味する古代ギリシャ語の「ミューステリオン」を語源とし、「秘密、神秘、隠されたもの」を指すフランス古語から派生したとされる。したがって、ミステリー文学には、推理探偵小説だけでなく、神秘、不可思議、怪奇を語る文学も含まれる。幽霊などの超常的で、謎めいたことに心をそそられる作品もミステリー文芸である。

夏目漱石は、泉鏡花と共に同時代人に「幻想派作家」と評されていた。『漾虚集《ようきょしゅう》』に収められた初期の怪奇短編だけでなく、主要作品のほとんどは不可思議なミステリーであるから、そのように呼ばれていたのも無理はない。

実は、漱石自身が「低徊《ていかい》文学」と呼ぶ一見幻想的な諸作品のミステリーは見せかけであり、表面の摩訶不思議の裏には現実的で合理的な本意が隠されている。

漱石小説のミステリーは、この隠された真意を具体的に読み取れないことに発する不可解なのである。したがって、このミステリーを解読して漱石の意図を理解するには、裏で語られている世界に通じる扉を見つけ、それをこじ開ける作業が不可欠である。そして、これを実行するにはある仮説を活用するのが有効である。

この仮説に拠《よ》って、漱石のミステリーを解明するのが本書の目的である。

『草枕』には「筋を読まなけりゃ何を読むんです。筋のほかに何か読むものがありますか」と、語り手の画工がヒロインの那美にからまれるところがある。この問いに対して、漱石はあえて画工に答えさせない。これは漱石の謎掛けである。この謎を解かなければ漱石のミステリー小説は理解できない。

真剣に読めば読むほど、その趣旨がわからなくなるのが、矛盾だらけでとりとめのない漱石の低徊小説である。彼の本意は「表の筋のほか」にあり、「読む何か」は低徊の裏に隠されているからである。

漱石は明治四十（一九〇七）年に刊行した『文学論』の本文を「凡そ文学的内容の形式は（F＋f）なることを要す」と書き始めている。（F＋f）とは、表の虚構の筋である「F」の裏に、隠された執筆の目的である真意の「f」が隠されているという意味である。そのせいで彼の小説はミステリーに見えるのである。

漱石の小説が謎に満ちてミステリアスであるのは、表の低徊（F）を隠れ蓑《みの》にして、明治の強権支配体制にとって不都合で危険な社会批判や政治や宗教への異議申し立て（＋f）をする構造になっているからである。このような手法が取られているのは、漱石が「小説（ロマンス）」と呼ばれた西洋文学と、本歌取りや地口《じぐち》や駄洒落《だじゃれ》などの当てこすりによって本音を巧妙洒脱に世に伝える江戸の反骨諷刺文学の二つの伝統を受け継ぐ文士であるからである。

この種の文学に人生を賭けて取り組んだ留学時の漱石の決意は、『文学論』の「序」に「余は心理的に文学は如何なる必要があつて、この世に生まれ、発達し、頽廃するかを極めんと誓へり。余は社会的に文学は如何なる必要があつて、存在し、興隆し、衰滅するかを究めんと誓へり」と記されている。

『草枕』『二百十日』『坊っちやん』を収めた『鶉籠《うずらかご》』の出版を準備していた漱石は、高浜虚子に宛て「僕は十年計画で敵を斃《たお》す積りだったが近来此程《これほど》短気な事はないと思つて百年計画にあらためました」とも書いている。

つまり文学の力で敵を倒すことを志して、漱石はこれらのミステリー小説を書いたということになる。あらためて言おう。漱石が文中で主張し世に問いたかった真意を知るには、彼が仕掛けたミステリーの謎掛けに対応しなければならない。

この謎解きをする過程で、敵の姿が浮かび上がってくるはずである。

漱石の主要な作品を解読するには、彽徊の物語のあちこちに仕掛けられた謎を解き明かす仮説の鍵が必要となる。幸いなことに、この仮説にはどの作品にも有効なマスターキーがある。これを使うことで、漱石の小説のミステリーの大半は解消する。

本書では、その仮説の第一の鍵に能楽それも「夢幻能」に出現する亡霊のシテを求め、第二の鍵には日露戦争の戦死者、それも旅順口攻囲戦の犠牲者を想定することにする。

夢幻能とは、非業の死を遂げて冥界に行けず彷徨《ほうこう》する亡霊がシテとしてこの世に現われて、諸国一見の僧などのワキに怨念や妄執苦しみを訴える能楽である。

漱石の小説のヒロイン、あるいは主人公の多くはこの怨霊のシテとして現れ、その正体は日露戦争で無惨に命を落とした日本軍の将兵の魂魄《こんぱく》である。彼らは当然ながら、日露戦争の無謀な作戦で数知れぬ若者を殺した軍の責任者を糾弾し、明治の藩閥軍国の政治体制を批判するのである。

この仮説に拠って、「夢幻能」の形式として最も完成した『三四郎』を中心に漱石のミステリー諸小説の概要を読み解いてゆこう。この試行の過程で、漱石自身のミステリー、三十八歳になった明治三十八年に、なぜ教職を全て辞して猛烈に小説を書き始めたのかという謎も解けるはずである。

（目次）

はじめに　3

第一章　『趣味の遺伝』　夢幻能小説の原型……11

第二章　『坊っちゃん』　誤解された「マドンナ」……23

第三章　『虞美人草』　ヒロインそしてマドンナ……51

第四章　『草枕』　幽玄にして綺麗な夢幻能……75

第五章　『三四郎』　夢幻能小説の集大成……93
第六章　承前『三四郎』ストレイシープの謎掛け……127
第七章　『吾輩ハ猫デアル』化猫が語る時事諷刺……161
第八章　その他の作品『琴のそら音』など……175
あとがき（大患と大逆事件によせて）　192
参考図書　200

第一章　『趣味の遺伝』　夢幻能小説の原型

〈『趣味の遺伝』は明治三十九（一九〇六）年一月に雑誌『帝国文学』に掲載され、漱石の短編集『漾虚集《ようきょしゅう》』に収められ同年五月に大倉書店・服部書店から出版された〉

▼日露戦争の戦死者

漱石の小説には表の物語「F」についても日露戦争が重く影を落としているものが少なくない。戦場を舞台にしているものもある。

実は戦闘の場面を目の当たりするように描いているのは『趣味の遺伝』だけである。『趣味の遺伝』は、旅順で戦死した友人の「浩さん」の墓前に現れて花を手向ける若く美しい女性の趣味趣向が、なぜか「浩さん」と同じであるというミステリーの謎を解く短編である。

乃木大将の凱旋《がいせん》の場面の序章に続き、「浩さん」が死んだ旅順口の「松樹山」要塞への突撃の様子が具体的に活写されている。夢幻能で言うなら、凱旋の序章が、前シテに変身した亡霊のシテが、語り手のワキを夢幻の世界に導く前場《まえば》である。そして、時間を巻き戻した次の旅順の情景からが、亡霊がシテとして姿を現す後場《のちば》の幽界である。

漱石が書いた戦場の様子はこうである。

「掩護《えんご》の爲に味方の打ち出した大砲が敵累の左突角《ひだりとっかく》に中《あた》つて五丈程の砂煙《すなけむ》りを捲《ま》き上げたのを相図に、散兵壕《さんぺいごう》から飛び出した兵士の数は幾百か知らぬ」

「其《その》黒い中に敵の弾丸は容赦なく落ちかかつて、すべてが消え失せたかと思ふくらい濃《こ》い煙が立ち揚《あが》がる」

「塹壕に飛込んだ者は向へ渡すために飛び込んだのではない。死ぬ為に飛び込んだのである。彼らの足が壕底に着くや否や穹窖《きゅうかう》より覗《ねら》いを定めて打ち出す機関砲は、杖を引いて竹垣の側面を走らす時の音がして瞬《また》く間《ま》に彼らを射殺した」

「殺されたものが這ひ上がれるはずがない。石を置いた沢庵のごとく積み重なつて、人の眼に触れぬ坑内に横はる者に、向へ上がれと望むのは、望むものの無理である。横はる者だつて上がりたいだらう、上りたければこそ飛び込んだのである」

「日露の講和が成就して乃木将軍が目出度《めでたく》凱旋しても上がる事は出来ん。百年三万六千日乾坤《けんこん》を提《ひつさ》げて迎に来ても上がる事は遂にできぬ」

この突撃で撃たれ、壕から上がって来ない戦死者が「浩さん」、川上浩一中尉である。この「浩さん」の墓に「女」が現れるのである。若い女の正体は実は亡霊であり、能楽のシテである。「死したる人の名を彫《きざ》む死したる石塔と、花の様な佳人《かじん》とが融和して一団の気と流れて円熟無碍の一種の感動を余の神経に伝へた」とある。つまり墓に名を刻まれた者とそれを参る佳人は同一人である。したがって、このシテの「女」は、三千余人の「特別予備隊」の一人として白襷を着けて松樹山の塹壕に飛び込んで射殺され、行方不明となった「浩さん」自身の魂魄《こんぱく》である。

実は漱石が小説で「女」と呼ぶ登場人物は、そのすべてが女性に姿を変えて現れた「男」の亡霊であることを指摘しておきたい。

▼趣味が遺伝する

このミステリー小説によって、漱石が提起した問題は、日露戦争の戦死者の遺族の苦境である。遺体が確認されなかったり、部隊が全滅したりするなどの状況で戦死が確認されない人は行方不明者とされ、戦死者の数が過小に集計され報告されていた。その結果、遺族には政府からの戦死補償が払われないという不条理があった。

この小説の表の主題の「趣味が遺伝する」という似非《えせ》科学の論理は、戦死者「浩さん」の墓に戦死者に似た女性が現れるというミステリーを解決させ、形の上で落着させるために考えられた表向きの方便にすぎない。漱石が本当に伝えたいのは、乃木将軍の凱旋の裏にある深刻な現実であり、それを顧慮しない政府と軍部に対する憤りである。

日本中にその悲壮な勇猛さが喧伝《けんでん》されたのは、旅順口の松樹山第四砲台へ突進した「白襷隊《しろだすきたい》」と呼ばれた特別予備隊の全滅である。明治三十七年十一月二十六日の夜半、この決死の作戦は敢行された。

漱石は「黒い日を海に吹き落さうとする野分《のわき》の中に、松樹山の突撃は予定の如く行われた。時は午後一時である」と書いている。「浩さん」こと歩兵中尉河上浩一が一年前に大風の中を旅順の松樹山の散兵壕から飛び出したこの時刻に、「化銀杏」が風もないのにひらひらと舞い落ちる中、語り手は「浩さん」の墓前で「女」と目を合わせる。これが怪奇体験の始まりである。

松樹山に突撃した「浩さん」が決死隊の「白襷隊」にいたのであれば、「時は午前一時である」でなければならない。二十六日の総攻撃は午後一時三十分の開始が命じられていたので、「浩さん」が他の部隊にいたとしても午後一時に「壕から飛び出す」ことはない。亡霊が出る夢幻の舞台であるから、昼間はいつの間にか「黒い日」が海に落ちた深夜の「丑三つ時」に転換するのである。表「F」の虚構《フィクション》の筋では午後に若い女が墓参りをしており、裏で真実《ファクト》を語る夢幻《ファンタジー》「＋f」の世界では、幽霊が深夜の「丑三つ時」に墓地に現れているのである。

▼迷える霊魂の「女」

「浩さん」の菩提寺である寂光院の墓地の入口には「化銀杏《ばけいちょう》」があり、その下に佇《たたず》んで、その髪、袖、帯の上に舞う銀杏の葉の化身に見える若い美しい「女」こそ、女の姿になって迷い出た「浩さん」の亡霊である。この銀杏の大木の下は「黒い地の見えぬ程扇形の小さい葉で敷きつめられて居る」のであり、「堆《うずた》かき落ち葉を興ある者と眺めて、打ち棄てて置くのか。兎《と》に角《かく》美しい」とも表現されている。「黒い地の見えぬ程扇形の小さい葉で敷きつめられて居」たのは、「浩さん」が死んだ松樹山や二百三高地の地を覆う戦死者の夥《おびただ》しい数の死体である。

さらに「此《こ》の無限に遠く、無限に遐《はる》かに、無限に静かな空を会釈もなく裂いて、化銀杏が黄金の雲を凝らして居る」のであり、「銀杏の黄葉は淋しい。況《ま》して化けるとあるから猶《なほ》淋しい。然しこの女が化銀杏の下に横顔を向けて佇《たたず》んだときは、銀杏の精が幹から抜け出したと思はれる位淋しかつた」ともあるから、「女」は「無限に」高い空の雲の「化銀杏」の淋しい「精」である。「無限《むげん》」は、戦場の亡霊たちの啾《しゅう》々《しゅう》たる鬼哭《きこく》が聞こえる「夢幻《むげん》」の世界であることをも示唆している。

風もないのに「無限に遠く」かつ「静かな」空から絶え間なく葉を落とす銀杏の木は「三抱えもあらうと云ふ大木」であり、「例年なら今頃はとくに葉を振つて、から坊主になつて、野分のなかに唸つてゐる」という「三抱え」の、坊主頭の「野分《のわき》」に唸る幹に茂っていた葉とは、戦場に散っていった「第三軍」の将兵たちのことである。

「門内は蕭条《しょうじょう》として一塵の痕も留めぬ程掃除が行き届いて居る。是《これ》はうれしい。肌の細かな赤土が泥濘《ぬか》りもせず干乾《ひから》びもせず、ねっとりとして日の色を含んだ景色程難有《ありがた》いものはない」ともある。この「ねっとりとした」「肌の細かな」「日の色を含んだ」「赤土」は、兵士たちの流した血糊《ちのり》を思わせる。後年の作『草枕』で、青年の出征を見送る最後の場面では、戦場を「その世界では煙硝《えんしょう》の臭いの中で、人が働いている。そうして赤いものに滑つて、無暗《むやみ》に転《ころ》ぶ」とある。『三四郎』の美禰子は、そうした赤いものの上に「べつとり」座る亡霊である。

　ここの「難有《ありがた》い」は「有り難い」「有り得ない」の意味である。「一塵《いちじん》の痕も留めぬ程」の「掃除」とは、「一人《いちじん》残らず掃射で倒されて全滅した」の意味であり、「是はうれしい」は反語である。

「女」の白い頬に「朱を溶いて流した様な濃い色がむらむらと煮染《にじ》み出し」「見るうちに夫《それ》が顔一面に広がって耳の付根《つけね》迄真赤に見えた」のも、撃たれた兵士が流した鮮血を思わせる。また、「彼等が一度び化銀杏の下を通り越すや否や急に古る仏になつてしまう」とは、「降《ふ》る葉が仏である」の意である。無数の死体の折り重なったこの地獄絵図を「興ある者と眺めて」と書き、打ち棄てられた戦死者たちを「兎《と》に角《かく》美しい」と言うのも、無惨極まりない心の痛む情景への究極の反語表現である。

▼「浩さん」に似た軍曹

　乃木将軍と歴戦の将兵の凱旋場面の序章では、母親の出迎えを受ける一人の軍曹に焦点が当てられている。

　軍曹は「目鼻立ちは外《ほか》の連中とは比較にならぬ程立派である。のみならず亡友浩さんと兄弟と見違へる迄よく似て居る」ので、「実は此男《この》が只一人石段を下りて出た時ははつと思って駆け寄らうとした位であつた」のである。「下りて来た」ではなく「下りて出た」のであり、「吾家に帰り来りたる英霊漢である」と書かれているから、凱旋の列を成す兵士たちは戦場で命を落とした無数の若者たちの亡霊である。したがって、この軍曹も、母親を一人残して出征して行方不明になり、若い女の姿で現れるシテの「浩さん」の嘗《かっ》ての姿を留める亡霊である。そして、この亡霊がワキである語り手を、夢幻の戦場と寂光院の墓に案内する「前シテ」である。この軍曹を見かけたことが「はからずも此《この》話をかく動機になつたのである」とはそのことを指す。

前シテとは、前場でシテの出現を予告し、ワキを夢幻の世界に誘い入れるシテの分身であることは前に述べた。

「軍曹が浩さんの代りに旅順で戦死して、浩さんが此軍曹の代りに無事で還《かえ》つて来たら嘸《さぞ》結構であろう。御母《おっか》さんも定めし喜ばれるであろう」と不謹慎なことが書かれているのも、「浩さん」とよく似た軍曹が、戦場で斃《たお》れた「浩さん」自身の姿で現れた前シテであることを伝えるためであろう。「然《しか》し浩さんは下士官ではない。志願兵から出身した歩兵中尉である」とわざわざ断っているのは、シテが身分を変え、身を窶《やつ》して現れるのが前シテであるから、軍曹が中尉であると伝えるためであろう。

さらに「浩さんは去年の十一月塹壕に飛び込んだぎり、今日まで上がつて来ない。河上家代々の墓を杖で敲《たた》いても、手で揺り動かしても浩さんはやはり塹壕の底に寝ているだらう」とあるから、「浩さん」の遺体は見つからず、行方不明とされていることがわかる。戦死が確認されてないため、戦死者の新しい御影石の墓標が与えられず、「古いと云ふ点においてこの古い卵塔婆内で大分幅《だいぶ》の利く方である」古色蒼然たる河上家累代の墓で遺骨もなく、弔《とむら》われているのである。

『趣味の遺伝』は、この二年後に書かれることになる本格的な夢幻能仕立ての『三四郎』の先駆的作品であり、寂光院の「石段の下」でヘリオトロープらしい香りを残して「袖」の傍をすり抜けるシテの「女」は、会堂の「石段の下」で同じ香水の匂いがする「手帛《ハンケチ》を袂《たもと》へ落とした」ミステリアスな美禰子の原型である。浩さんの霊の「女」はワキに悔恨や盲執などを訴えるシテではなく、年老いた母を慰めたい一念でこの世に戻って来た亡霊のようである。だから、「余は此両人の睦まじき様を目撃する度に、将軍を見た時よりも、軍曹を見た時よりも、清き涼しき涙を流す」のである。

この「睦まじき様」は幻想であり、現実において一人息子は決して帰って来ず、その亡霊が孤独な老母を訪れているという悲惨で残酷なありさまである。しかも、息子の戦死を認定されていないこの老母には天皇の下賜金も与えられないのである。「清涼殿」の主にはこのような御製《ぎょせい》がある。

国のため　たふれし人を　きくたびに　親の心ぞ　おもひやらるる

第二章　『坊っちゃん』誤解された「マドンナ」

〈『坊っちゃん』は明治三十九（一九〇六）年四月に雑誌『ホトトギス』において発表されたのち、漱石の作品集『鶉籠』に収められ翌四十年一月に春陽堂から出版された〉

▼高貴なシテ「清」

夢幻能仕立てのこの小説では「坊っちゃん」がワキである。日露戦争における旅順の犠牲者はシテではなく、「女」となって、迷える亡霊の「マドンナ」として途中から登場する。何も語らないミステリアスな存在である「マドンナ」の正体は、仇敵に取り憑《つ》いて責め苛《さいな》む怨霊《おんりょう》である。

小説『坊っちゃん』は、江戸の滑稽本《こっけいぼん》の伝統を受け継ぎ、地口や駄洒落による落語のような謎掛けによって、表では奇妙な筋が軽快に展開される。ミステリアスな話の裏の真実は、深刻で深遠である。裏に仕掛けられた夢幻能の物語に気づかずに、表面だけを読んでしまうなら、理解不能な奇妙な記述が散りばめられた荒唐無稽な通俗小説になってしまう。

「親譲りの無鉄砲」と言いながら、そのすぐ後で「親父は何もせぬ男で」と最初から矛盾することを言っている。実は「無鉄砲」を譲ったとする「坊っちゃん」の親が、ミステリーの主人公のシテである。

「坊っちゃん」が「自分の力でおれを製造して誇つてるよう」と言うのが、下女の「清」である。「おれの片破《かたわ》れ」と「坊っちゃん」が思う彼女は、「坊っちゃん」に対して実の親のように何かと配慮し、将来を期待するさらに不思議な存在である。とはいえ、「坊っちゃん」の親である高貴な身分のシテが下女に身を窶《やつ》し、前シテの「清」として夢幻能の舞台に現れていると考えるなら、このミステリーは解消する。「清」は亡霊ではあっても、不可解な登場人物ではなくなるのである。

後に詳述するように、「坊っちゃん」の正体は明治天皇である。その父は孝明天皇である。したがって、シテが孝明天皇の亡霊、その前シテが「清」であると考えればいいということになる。

▼小供の頃から損ばかり

開国か攘夷を巡って世情騒然としていた幕末、孝明天皇は有栖川宮熾仁《たるひと》を次の天皇と考えていた御所の有力公家たちの反対を押し切り、その生母が五摂家の出身ではなく天皇になる資格に欠ける我が子睦仁《むつひと》親王を強引に皇太子に据えた。さらに熾仁と結ばれることになっていた皇女和宮《かずのみや》を徳川家に降嫁《こうか》させて公武合体を推進しようとした。このような考えの天皇の存在に危機感を覚えたのが、武力による倒幕革命を画策していた長州藩の過激集団およびこれに資金を与えて操るトマス・グラバーなどの英国工作員たちであった。英国傀儡《かいらい》のこの反政府集団は孝明天皇を暗殺して、その継嗣《けいし》である十四歳の睦仁親王を明治天皇に担ぎ出した。こうして成立したのが「王政復古」を標榜する明治政府である。少なくとも漱石はそのように考えていたようである。

『坊っちゃん』の物語は、有名な「親譲りの無鉄砲で小供の時から損ばかりして居《い》る」の簡潔で唐突な語り出しで始まる。これは夢幻能のワキの自己紹介の名乗《なの》り「これは親譲りの無鉄砲で、小供の時から損ばかりしている者にて候《そろう》である。「坊っちやん」は下女の「清」からさまざまなものをもらって依怙贔屓《えこひいき》されているので「損ばかり」していたわけでもないから、ここに当てられている漢字が虚構《フィクション》と考えるべきである。正しくは「親譲りの欠腋袍《むてっぽう》で小供の時から尊評《そんばかり》して居る」であろう。「欠腋袍」「闕腋袍《けってきのほう》」とは、脇が縫われていない狩衣《かりぎぬ》のことである。これは「小直衣《このうし》」とも呼ばれ、活動しやすいため、宮中では小供や武官が着用した。「尊評」とは、天皇に諮《はか》る御前会議の「みかどばかり」のことである。

つまり「坊っちやん」は、「是は親から受け継いだ束帯で小供の時から尊評《みかどばかり》をしている者にて候」と自分が誰であるかを最初に明かしているのである。小供のころに天子の位を受け継いで践祚《せんそ》された明治天皇が、王政復古の最初の小御所会議から御簾《みす》の向こうで尊評していたのは歴史的な事実《ファクト》である。

「坊っちやん」をワキとするこの夢幻能は、無惨な最期を遂げた孝明天皇が亡霊のシテとなって、息子の「坊っちやん」のところに現れるという筋書きであり、これは貴人の霊がシテとして現れる夢幻能の定石にかなう。天皇の霊は、自分が暗殺された事実を告げ、理想とする治世を全うできなかった恨みを吐露し、国を奪い徳のない政治をしている者たちに天の誅罰《ちゅうばつ》を加えるよう息子に指図してそのかす。この話は、弟に暗殺され、国と王妃を奪われたデンマーク王の亡霊が息子の王子に、自分の仇《あだ》を討って王国を取り戻すよう命じるシェークスピアの『ハムレット』と同じである。

▼「坊っちゃん」の父親

「清」を「きよ」と読むのは読者と編集者、研究者の勝手な思い込みであり、漱石は何の振り仮名も付けていない。「清」は小説『坊っちゃん』の編集発行者の高浜虚子の本名「清《きよし》」を使ったのかもしれない。御所の「清涼殿」の主も想像させ、あるいは、孝明天皇の名前「熈仁《ひろひと》」から取った「熈帝《き》の御代《みよ》」の「熈代《きよ》」を意味するのかもしれない。

「清」は人のいないところで、「あなたは真っ直ぐでよい御気性だ」と「坊っちゃん」を褒め上げる。この「気性《けしょう》」は「継承《けいしょう》」のことであり、「よい御気性《ごきしょう》」は「直系の正当な皇位継承者」の意である。「謡《うたい》」で「ごけーしょう」と発声したら、「継承《けいしょう》」は「気《け》性《しょう》」とも聞こえる。「清」は「坊っちゃん」が「えらい人物」になるとも予言する。彼を皇太子にした本人であるから断言できるのである。

「清」が「時には鍋焼饂飩《なべやきうどん》さへ買つてくれた」とも記されている。鍋焼きうどんなら、下女は「買う」のではなく普通「作る」ものであろう。この思い出話の意味は、幕末の御所を警護する諸藩の兵の演習で、天皇が京都守護職の松平容保《かたもり》に命じて、睦仁「坊っちゃん」に大筒《おおづつ》の実射を見せたことを言う。大砲を駆《か》ってくれたのである。「鍋焼饂飩」が「大砲」であるのは「う、ドン」の発射音から来ているだけでなく、落語のオチのような謎掛けの洒落による。大筒は筒先から火薬と弾を込める旧式の大砲であるから、「鍋焼きうどんと掛けて、大筒と解く」である。その心は「両方とも上からかやく（加薬、火薬）とたま（うどん玉、弾）を入れて火をつける」である。

海辺の町に赴任することになった「坊っちゃん」が別れを告げに行くと、「清」は「北向きの三畳《さんじょう》に風邪を引いて寝て居た」とある。この「清」との別れの場面は、明治元年の明治天皇の江戸行幸の折にあった孝明天皇の山陵への墓参を思わせる。天皇はその時、既に泉涌寺の「山上《さんじょう》」に設けられた後月輪《のちのつきのわ》東山稜《ひがしのみささぎ》に「北向き」に葬られていたからである。

この夢幻能を終わらせる結語は「だから清の墓は小日向の養源寺にある」である。

「坊っちゃん」家の菩提寺とされるこの「養源寺」は、京都東山にあって「御寺《みてら》」と呼ばれている皇室の香華院「泉涌寺」のことである。漱石も「御寺」と書いて、あえて「御寺《おてら》」とルビを振っていない。「養源寺」には、「山嵐」に似た怪物の「韋駄天」の懸物があるとされており、現実の泉涌寺の舎利殿には鎌倉時代に南宋から持ち込まれた韋駄天の立像が祀《まつ》られており、一六六八（寛文八）年に制作された能楽『舎利』の韋駄天を描いた壁画もある。

「清」は、兄の居ないのを見計らって自分にものを与えてくれたことを「坊っちゃん」は明かしている。その第一は「金鍔《きんつば》」である。この菓子は四角形の「金」の「鍔」の色と形が「倭奴国王」の金印に似ている。第二の「紅梅焼」は三社《さんじゃ》の神祇《じんぎ》祭りで売られる浅草の名物である。つまり、この二つは天皇の実印の「御璽《ぎょじ》」および「三種《さんしゅ》の神《じん》器《ぎ》」のことを指しているのである。

明治天皇に兄弟はいなかったため、ここで言う「兄」とは、皇太子の有力候補であった年長の有栖川宮熾仁《たるひと》親王のことである。「坊っちゃん」である睦仁親王が次期天皇に決まったのは、禁門の変の後、長州への加担を疑われた熾仁が天皇に蟄居《ちっきょ》を命じられて御所から居なかった時である。つまり、兄の居ない時に「清」は「坊っちゃん」に皇位を継承させたのである。

熾仁は孝明天皇没後に、薩長の倒幕軍の東征軍大総督に担ぎ出されて江戸に進軍した。

〽宮さん　宮さん　お馬の前に　びらびらするのは何じゃいな
ありゃ　朝敵征伐せよとの錦の御旗《みはた》じゃ　知らなんか
トコトンヤレ　トンヤレナ

東征軍の正統性を宣伝するこの宣撫《せんぶ》歌で囃《はや》されている「宮さん」が熾仁である。「坊っちゃん」は、この「お馬《んま》の前《まえ》」を茶化して「女《おんな》の真似《まね》」が好きだったと言う。「兄」と「十日に一遍位の割で喧嘩《けんか》をしていた」とは、親王の務めの香華、つまり「献花《けんか》」のことであろう。

▼守護霊の山嵐

孝明天皇に忠実に仕えたのが京都守護職の任にあった会津藩主松平容保である。したがって「坊っちゃん」は、容保から孝明天皇の息子の明治天皇への呼び名ということになる。禁門の変で孝明天皇の「坊っちゃん」を長州軍の攻撃から守ったのがこの容保である。

漱石の夢幻能小説で、「坊っちゃん」を守護するのは「山嵐」と渾名《あだな》された数学教師の堀田である。したがって、堀田の正体はこの松平容保の霊魂である。彼は亡霊となって現れ、孝明天皇の「坊っちゃん」を守り、最後に宿敵である「赤シャツ」と「野だいこ」へ遺恨を晴らして去っていく。正義感の強い頑固な「山嵐」が容保であるのは、「会津保《あいづっぽ》」と呼ばれていることからも推測できる。また、「堀田」の名の字は「士戸出田」の部分から成る。「士の尸、田に出《いづ》る」、つまり「武士《さむらい》の屍体が野晒し」ということになる。これも「山嵐」が会津戦争で戦死した家臣たちの埋葬を長州軍に禁じられるなど、長州から不当な仕打ちを受けた悲運の藩主容保の亡霊であることを伝えている。

会津藩は多くの藩士が戦で犠牲になっただけでなく、維新後も筆舌に尽くせない塗炭の苦しみを強いられた。だから「山嵐」は「おれと赤シャツとは今迄の行懸り上到底両立しない人間」と言うのである。「赤シャツ」が長州の成り上がり者で明治政府を牛耳る山県有朋であるからである。

▼「坊っちゃん」の仇討

教頭に付けられた「赤シャツ」の渾名《あだな》は、明治十年に公布された「徴兵令」の告諭に対する山県の文面から来ている。告諭に書かれていた国民の義務についての文言には「西洋人は血税と言い、その生血を以て国の貢献する」とあった。そのため「政府は徴兵した兵卒の血で作った葡萄酒を西洋人に供している」とか「旭日旗や赤ケットと呼ばれた赤い毛布、陸軍の帽子の側部の赤はこの血で染められている」などと民衆は反発した。日露戦争で使われたと同じような寒冷地向けフランネル生地の『赤シャツ』を常に着用している「赤シャツ」は、兵士の血で染まった参謀総長の山県有朋を諷刺する絶妙な渾名である。「赤シャツ」に対して、「坊っちゃん」は「是で中学の教頭が勤まるなら、おれなんか大学総長がつとまる」と言って、教頭の正体が参謀総長であることをほのめかしている。

「前任者の時代よりも成績がよくあがつて」と「坊っちゃん」を評価するのも「赤シャツ」である。彼が言う「坊っちゃん」の「前任者」とは、先代の孝明天皇を指す。参謀総長は明治天皇の治世を、自分で暗殺した前帝の時代と比較し、「現に君の前任者がやられたんだから、氣を付けないといけないと云ふんです」と述べる。つまり「言うことを聞かなければ、父君のように暗殺されますよ」と脅迫するような口調で僭越かつ傲岸に警告する下衆《げす》として描かれているのである。

「赤シャツ」が愛読しているのは「真赤な雑誌」の「帝国文学」ということにされている。これは血塗られた「帝国軍学」、赤表紙の『帝国陸軍歩兵操典』のことである。

「赤シャツの片假名はみんなあの雑誌から出るんださうだ。帝国文学も罪な雑誌だ」は、「参謀本部の作戦と命令はみんな、あの片仮名書きの冊子《さっし》から出るんだそうだ。兵卒を死に赴かしめる『歩兵操典』とは罪な冊子だ」ということである。

この冊子には「敵ハ単ニ射撃ニ依リテ撃滅シウルモノニアラズ故ニ常ニ突撃ヲ実施シ以テ最後ノ勝利ヲ期サザルベカラズ」と突撃を強いている。

この下りが、明治十五（一八八二）年に出版された日本最初の新体詩集『新体詩抄』に詩の形で掲載されたのが外山正一の『抜刀隊』である。西南戦争の田原坂の戦いを主題にしたこの詩は、明治十八年にシャルル・ルルーによって行進曲風の軍歌になった。

「我は官軍我敵は　天地容《い》れざる朝敵ぞ」で始まる詩には、「皇國《みくに》の風《ふう》と武士《もののふ》の　其身を護る靈《たましひ》の」「大和魂ある者の死ぬべき時は今なるぞ」「共に慓悍《ひょうかん》決死の士」「丸《たま》に砕けて玉の緒の絶えて墓なく失《し》する身の」「屍《かばね》は積みて山をなし　其《その》血は流れて川をなす」「墓なき最期《さいご》とぐるとも　忠義の爲に死ぬる身の」「我今茲《まさ》に死なむ身は　君の爲なり國の爲」「捨つべきものは命なり　假令《たと》ひ屍は朽ちぬとも」「進めや進め諸共に」「玉ちる

剱《やいば》抜き連れて　死ぬる覺悟で進むべし」の勇ましい言葉の連続である。歌を地で行くように、決死の突撃を命じられたのが旅順の要塞への切り込みである。そして歌詞にある通り、戦場は屍山血河の惨事を極めたのである。

軍歌『抜刀隊』は、昭和十八（一九四三）年十月二十一日、秋雨に煙る神宮外苑競技場で挙行された出陣学徒壮行会で奏され、現在は自衛隊の分列行進曲として使われている。

▼「赤シャツ」を取り巻く面々

教頭「赤シャツ」の上司は校長の「たぬき」である。校長の影は薄く、権力を握っているのは「赤シャツ」の方である。二人の関係は、長州閥の長老で陸軍の黒幕である山県と、彼によって総理大臣に据えられた陸軍出身の桂太郎の関係が投影されている。人を籠絡《ろうらく》するための親愛の表現として、桂は誰彼構わず「ニコッと笑って」肩を「ポン」と叩く癖があったため、「ニコポン」宰相と呼ばれていた。ぽんぽこ「たぬき」は宰相であっても、参謀総長である「赤シャツ」の傀儡《かいらい》である。

教頭「赤シャツ」を「幇間《ほうかん》」のような卑屈さでおだてて保身を図り、巨利を得ている腰巾着《こしきんちゃく》は図画工作の教師の吉村「のだいこ」、つまり「野の太鼓持ち」である。この狡猾な男の正体は武器商人のトマス・グラバーに代表される英国人である。大英帝国が植民地を獲得し支配した常套《じょうとう》手段は、武力で威嚇して相手を屈服させ従属させる「砲艦《ほうかん》外交」であった。工作教師「のだいこ」とは「野交幇間」、つまり「砲艦外交」の英国の工作員として、長州の過激派を使って孝明天皇を暗殺し、武力による倒幕を工作した英国政府の裏の代理人である。「坊っちゃん」にとっても、江戸っ子の漱石にとっても、「のだいこ」は唾棄《だき》すべき卑怯な宿敵であり、日露戦争でも日本に火中の栗を拾わせた狡猾な悪党である。

「赤シャツ」に婚約者を奪われ、田舎の学校へ飛ばされる不遇な教師が「うらなり」の古賀である。この人物については、旅順口で多くの将兵を殺したことに対する自責の念で苦悩する乃木大将が投影されている。彼は山の中の「延岡」に左遷させられたと「坊っちゃん」は下宿の婆さんに聞かされる。これは婆さん萩野の思い違い、あるいは真っ赤な嘘である。宮崎県にある「延岡」は東が日向灘に面した城下町である。「うらなり」の転任の話は、日露戦争後に乃木希典が明治天皇から学習院（貴族学校）の院長に任じられたことを言う。学習院は虎ノ門の延岡藩邸の「跡地」に移転させられことがあった。「日向の延岡で —— 土地が土地だから」とある。ここを能楽調の語りで発声すると「とちぐぁーとちだから」となり、「土地が跡地」と聞こえる。小説『坊っちゃん』が発表されたのは明治三十九年四月であり、乃木が学習院の院長に就いたのは二年後の明治四十年一月であった。乃木は日露戦争で長男と次男を亡くした。明治三十七年のことである。戦争が終わり日本に凱旋した後、乃木は明治三十九年一月、任務完了の「復命書」を明治天皇に奉読した。『坊っちゃん』発表の三カ月ほど前のことである。天皇が「別の子供たちを与える」と学習院の院長就任を命じたことは、世人のよく知るところであった。

そもそも唐茄子《とうなす》の「うらなり」とは、乃木の狂歌「なすこともなくて那須野に住む我は、なす唐茄子を食ふて屁をこく」から取られた渾名である。「刀成す九《とうきゅう》で辺を欠く」のが「乃」の字である。「刀《とう》成《な》す「ノ《の》」の裏《うら》が「り」になる字も「乃」、「唐変木《とうへんぼく》」は「刀《とう》」が「乃」に「変形」した「木」で「乃木」でもある。

▼バッタとは

「清」「山嵐」「赤シャツ」「のだいこ」「うらなり」など、登場人物が渾名《あだな》で呼ばれているのは、周囲の人々に絶妙な渾名を付けて困惑させていたのが明治天皇であるからである。

天皇が山県有朋につけた渾名は「キリギリス」である。宿直室の寝床に「バッタ」を入れられた「坊っちゃん」は、寄宿生の代表を呼びつけて「大きなずう体をして、バッタを知らないた、何の事だ」と叱責する。ここのバッタとは何のことかも漱石の謎掛けである。「そりや、イナゴぞな、もし」の生徒の返答に「坊っちゃん」は激昂し、「箆棒《へらぼう》め、イナゴもバッタも同じもんだ」と強弁する。ここの本意は「イナゴもバッタも、キリギリスも同じもんだ」であり、「キリギリス」の山県有朋と天皇の関係を諷刺するものである。

「坊っちゃん」と生徒たちの押し問答は「おれがいつ、バッタを入れて呉れと頼んだ」「誰も入れやせんがな」「入れないものが、どうして床の中に居るんだ」「イナゴは温《ぬく》い所が好きぢやけれ、大方《おほかた》一人で御這入りたのぢやあろ」「馬鹿あ云へ。バッタが一人でお這入りになるなんて――バッタに御這入りになられてたまるもんか」と続く。この「温い床の中」を「坊っちゃん」の政府と置き換えればその趣旨がよくわかる。政府に山県を入れろと誰が頼んだと天皇が閣僚を叱責しているのである。

「坊っちゃん」は「バッタを床の中に飼っとく奴がどこの国にある。間抜けめ」と「小使《こづかい》」を叱りつける。「小使い」は、雑民を集めた長州の奇兵隊を訓練指揮した「小者使い」の大村益次郎（村田蔵六）の戯画的諷刺である。騎兵隊で山県を引き上げたのが大村である。「坊っちゃん」の言葉が「飼っとく奴がどこにある」ではなく「飼っとく奴がどこの国にある」であることに注目すべきである。山県がやりたい放題、利権で私服を肥やしている腐敗の「温い床」となっているのが「坊っちゃん」の国の政府である。

▼「坊っちゃん」の赴任先

「坊っちゃん」が「口」を求めて赴任し、「赤シャツ」らの面々と「マドンナ」に遭遇したのは四国の松山と思われているのに対し、自筆原稿では「〇国」の海浜で「針の先程小さく見える」田舎町とあるだけである。伊予の松山は岬の先端に位置しているわけではなく、この地を去るとき「坊っちゃん」は、「この不浄な地」と言っている。何かよほどの特別な事情や理由がなければ、その土地を「不浄」と決めつけることはない。したがって、ここは夢幻の異次元にある海港であると考えるべきであろう。日露戦争で人々の関心を最も集めていた「針のような岬の先端に位置している港町」といえば、「四国《しこく》」ではなく「清国《しんこく》」遼東半島先端にあった「旅順口」であった。「しこく」を能楽的に謡《うた》えば「しんごく」と聞こえる。この地は、激戦で殺された多くの兵士の亡霊が浄土に行けずにさまよっている不浄の地と言えなくはないだろう。

「坊っちゃん」の赴任先が旅順口の戦場であることを伝える謎掛けも、この作品のそこかしこに散見される。

もちろん明治天皇が旅順に親征したという事実はなく、「坊っちゃん」の戦場への道行きは、本人が「只行く許りである。尤も少々面倒臭い」と断りを入れているように、現実ではなく、亡霊に導かれた夢幻能の舞台の話である。

「坊っちゃん」が上陸して最初に遭遇するのは「磯に立って居た鼻たれ小僧」である。これにより、そこが満州であることがわかる。

「鼻たれ」とは、満州で「花大人《ファターレン》」「花《はな》ターレン」と呼ばれていた花田仲之助である。「大人」が「小僧」なのである。花田は、満州義軍を組織して大陸で暴れ回った満州浪人の頭目として知られている。その正体は陸軍参謀本部の情報将校であり、日露戦争時の満州において諜報、破壊工作、ロシア軍の後方撹乱《かくらん》などの謀略に従事した。

「坊っちゃん」に「中学校はどこだ」と尋ねられた「鼻たれ」こと花大人は「茫《ぼん》やりして、知らんがの」と答える。「中学校」とは旅順要塞のことである。さすが百戦錬磨の工作員だけある。とぼけるのがうまい。一本気な「坊っちゃん」は、その危うさに気付かず、「気の利かぬ田舎ものだ。猫の額程な町内の癖に」と述べる。狭小な旅順口など簡単に攻め落とせると思い込んだのであろう。「どんな町で、どんな人が住んでるか分らん。分らんでも困らない。心配にはならぬ。只行くばかりである」と強気である。要塞の防御力もよく調べず、敵の兵力も知らないで近代要塞に斬り込んで、将兵の多くが犠牲を出したのが乃木大将の第三軍である。結果を見れば、「鼻たれ」の諜報活動は全く役に立たなかったようである。兵士たちを突入させる敵陣地の規模や構造、火器の配備、守備兵の戦闘力や士気について、情報将校が「知らんがの」では全く話にならない。

▼旅順口の蕎麦打ち

次の話も旅順口の戦いを伝えている。

「坊っちゃん」は蕎麦屋《そばや》で「おい天麩羅を持ってこいと大きな聲」で注文し、「天麩羅を四杯平げた」のである。この話は旅順湾に逃げ込んでいたロシアの戦艦四隻を二十八サンチ榴弾砲で撃破したことを言う。「杯」は船を数える単位でもあるからである。「天麩羅」は鋼鉄の衣《ころも》をまとっている戦艦のことである。

蕎麦屋は「東京」の看板を掲げて「大町《おおまち》」にある。江戸の蕎麦は落語の『時《とき》蕎麦』などで知られているように「二八蕎麦《にはちそば》」である。したがって、この「東京の蕎麦」とは「二八珊《さんち》榴弾砲」のことを指す。「二十八サンチ砲」は、東京湾の砲台に設置されていたので「東京の傍《そば》」で「撃《う》った」という「東京で打った蕎麦」でもある。この巨砲は解体されて運ばれ、苦心惨憺《さんたん》の末、旅順口に設置されたものであり、旅順への到着が大いに待たれた「大待《おおま》ち」の蕎麦であった。

蕎麦屋にある「只例々と蕎麦の名前をかいて張り付けたねだん付け丈《だけ》は全く新しい」のであり、「ねだん付けの第一号に天麩羅とある」の「ねだん付け」も砲撃目標の設定の「ねらい付け」を指す。それが「全く新しい」のは、砲撃目標が港湾内の艦船に移されたからである。

この作戦は成功し、「天麩羅」の戦艦を一杯づつ、「四杯」まで平らげることに成功した。五杯目の戦艦セバストーポリだけは、陸上砲の標的としてむざむざ湾内で沈められることを潔《いさぎよ》しとせず、日本海軍の艦隊が待ち構える湾外に出て海上で堂々と撃沈された。

「ロシア戦艦四隻」を始末したのであるから、「天麩羅四杯」を「食べた」と言わず、「平げた」という言葉を選んでいるのである。黒板に「天麩羅四杯」と書いて囃《はや》した生徒たちとは、この戦果を国民に触れて囃した新聞であろう。

「四杯」の戦果に、生徒が「然し四杯は過ぎるぞな、もし」と難癖をつける。「四杯だけですか。最後の一杯は取り逃がして海軍にやられましたね」と言う冷やかしである。

これに対して「坊っちゃん」は「四杯食はうが五杯食はうがおれの銭でおれが食ふのに文句があるもんか」と一喝する。「陸軍が沈めようが、海軍が沈めようが、おれの軍隊が戦艦五杯を全部沈めたことに違いない。文句があるか」と言い返したのであろう。

▼港町の「マドンナ」

「坊っちゃん」の赴任先の港町では「マドンナ」と呼ばれる若い女のことが話題になる。この「女」が小説『坊っちゃん』の後半のミステリーである。死の匂いをまとう不気味な「女」は、「坊っちゃん」と「山嵐」の敵の「赤シャツ」と「野だいこ」が畏《おそ》れる幽霊である。

『趣味の遺伝』の若い女の亡霊と同様、本人は何も語らない。それでも抹香臭い「マドンナ」の正体は、戦没兵士たちの恐ろしい怨霊である。女の姿を変えてさまよう霊魂の「マドンナ」とは実は「惑う女」の「惑女《まどんな》」のことである。

自分たちを戦場で無惨に殺した者たちに怨念を抱く彼女は、最終的に参謀総長の「赤シャツ」に取り憑《つ》く。彼女は最初、旅順攻略の司令官の「うらなり」に取り憑く。無謀な作戦で彼らを死に追いやったのが旅順を攻めた第三軍司令官の乃木大将の「うらなり」であったからである。途中からその矛先を真の戦争の責任者である「赤シャツ」に移す。東京の参謀本部から電信で「百弾激雷、天また驚く。包囲半歳、万屍横たわる。精神の到るところ、鉄よりも堅し。一挙直ちに屠れ旅順城」、つまり「天ガ驚ク程ノ砲弾ヲ送テヤッタノニ。コノ半年死人バカリ出シテ何ヲモタモタシテイル。鉄ヲモ貫ク精神デ、旅順ナド一挙ニ潰シテシマエ」と送信して圧力をかけたのがこの男であったからである。これが、「うらなり」と婚約していた「マドンナ」を「赤シャツ」が奪ったという噂話の真相である。

第三軍司令部でロシア軍の降伏通知を確認した国際法学者の有賀長雄は、旅順口の陥落時の参謀長室内の様子について「旅順で死んだ幾万の幽魂がこの部屋に集まって来たようで、どの幕僚の顔をみても、喜悦などというような表情がなく、ちょうど、なにかに押しつぶされそうになっているような、そういう苦悩があった」と証言している。戦死者たちの「幽魂」が「惑女《まどんな》」「迷女《マドンナ》」の正体であり、この「マドンナ」に押しつぶされそうになっているのが「うらなり」たちである。

「マドンナ」の正体が、漱石の愛読者や文学者には全く理解されず、男たちが競って求めても手の届かない、神秘的な憧れの対象の美人と勘違いされ続けてきた。そのため、ある喜劇映画のシリーズでは、毎回替わるゲストのヒロインが「マドンナ」と呼ばれるなど、日本では高嶺《たかね》の花である女性のイメージが定着しているようである。そもそも「マドンナ」とは「聖母マリア」のことであり、魅力的な若い女という意味は全くない。

小説『坊っちゃん』の「マドンナ」は、「遠山のお嬢さん」のことを「のだいこ」がそう呼んだだけである。全くわけがわかっていない下宿の婆さんの「萩野」が「マドンナと云ふと唐人の言葉で、別嬪さんの事ぢやらうがなもし」と言ったにすぎない。「坊っちゃん」の女官頭のような婆さんは、腹黒く欲の深い信用ならない人物である。したがって、「マドンナ」についての話も全く持って当てにならない。日露戦争でも巨利を得た英国人の「のだいこ」と参謀総長の「赤シャツ」は「遠い山」の亡霊である松樹山や二百三高地など旅順口で戦死した兵士たちの怨霊を恐れて「惑女《まどおんな》」と呼んだのである。

日本語では、重なる母音は一つの音にされて発音される。例えば「吾が妹子《いもこ》」(wagaimoko) は「わぎもこ」(wagimoko)、「高天《たかあま》が原」(takaamagahara) は「たかまがはら」（takamagahara）、「道の奥《おく》」（michinoku）は「みちのく」（michinoku）となるから、「まどおんな」（madoonna）は「まどんな」（madonna）となる。

夕刻になると化けて「出る」幽霊であるから、「マドンナ」も、「日の光が段々弱って来て、少しはひやりとする風が吹き出し」「線香の烟《けむり》の様な雲が」流れ込むと出没する。「坊っちゃん」もこの気配に対して「何だか水晶の珠を香水で暖《あっ》ためて、掌《てのひら》へ握って見るような心持ちがした」と言う。「珠《たま》」は「魂《たま》」に通じる。

「少しはひやりとする風」は「少しひやりとする風」と言えばいいので、「少しは」の「は」余計である。「少し、はひやりとする風」と読むのであろう。「ハヒヤリ」と吹き出すのは、能楽で亡霊が現れるときに能管が吹き出す「ハーヒャラリ」「ヒゥイヤラリイ」の音形に聞こえる。これは死霊を迎える音楽であり、「坊っちゃん」が「清」の長い手紙を読むところ、つまり、後シテとして「坊っちゃん」の前任者の父が現れるところでも、この笛の音が「さらりさらり」つまり「サラリラリ」と鳴っている。

「坊っちゃん」は「赤シャツ」が好き好んで夕暮れ後に「マドンナ」に逢いに行くと思い込んでいるが、「丁度時分」に冷たい風を吹かせて「やって来」るのは亡霊の「マドンナ」の方である。

▼シテとなって再登場する「マドンナ」

滑稽本を装った小説『坊っちゃん』は、「清」の孝明天皇をシテとする夢幻能でありながら、その舞台に「マドンナ」という別な亡霊が現れる。結局、「マドンナ」は冥界には帰って行かず、この世に留まり続ける。したがって、この舞台の彼女はシテの役回りではない。

「マドンナ」がこの「坊っちゃん」の夢幻能に現れる必然はどこにあるだろうか。それは、孝明天皇が亡霊となって現れたのが、ハムレットの父のように暗殺の直後ではなく、四十年近くもたった日露戦争の時代であったのかを考えれば理解できるかもしれない。孝明天皇と松平容保の「清」および「山嵐」は、自分たちの生涯において仇《あだ》なした敵でもある英国人「のだいこ」と、その帝国主義の謀略に加担した「赤シャツ」らが引き起こした日露戦争があまりにも不合理で国民を苦しめていることに怒り心頭に発し、放って置けなくなった。だからこそあえて冥界から「坊っちゃん」の許《もと》に現れ出たのであろう。それに加えて、亡霊の「清」と「山嵐」の敵は、「マドンナ」の敵でもある。

シテである前《さき》の天皇とシテヅレの京都守護職の霊は、夢幻能の形式を踏み、最後は冥界に帰って行く。それに対し、迷える霊魂の「マドンナ」は黄泉には行かず、『虞美人草』（明治四十年に新聞連載）で言葉を語る主役として再登場する。『坊っちゃん』の後、夢幻能の能弁なシテとして『草枕』（明治三十九年発表）と『三四郎』（明治四十一年新聞連載）にも「マドンナ」が現れる。

『坊っちゃん』全編における厳密な考察については、拙著『明治の御世《みよ》の「坊っちゃん」』（春秋社・二〇一七年）を参照してください。

第三章　『虞美人草』　ヒロインそしてマドンナ

〈『虞美人草』は明治四十（一九〇七）年六〜十月に『朝日新聞』に連載され、翌明治四十一年に春陽堂から出版された〉

▼戦場に咲く虞美人草

『虞美人草』のヒロインは妖艶《ようえん》な我利我利亡者《がりがりもうじゃ》の「藤尾」である。彼女はその言動があまりにも奇矯《ききょう》であるため、その正体がつかみかねる極めてミステリアスな「女」である。彼女を戦死した兵士の亡霊として読むなら、表の筋の裏で語られている内容は旅順の戦に対する告発であると解釈することができ、「藤尾」はミステリアスではなくなる。

『虞美人草』について語る上で、題名がなぜ「虞美人草」であるのかをまず考えなければならない。漱石は「小説の題に窮して（略）好加減《いいかげん》ながら、つい花の名を拝借して」と本意をごまかしている。ただ、こと題名に関して作家はそうしたいい加減な態度は取らない。

英国に留学した漱石にとって、「虞美人草」とはヒナゲシの「フィールドポピー」であるとの認識があったはずである。過酷な環境の荒地に咲くポピーの赤い花は、英国では古くから戦場をその血で潤した兵士たちの生まれ変わりと伝えられてきた。漱石の没後、この花は英霊の追悼の国家行事で墓前に供えられるようになった。つまり、この「虞美人草」という題名そのものが、戦場で斃《たお》れた兵士たちの霊魂を暗示しているのである。

急死したヒロイン藤尾の枕頭《ちんとう》には、造花の虞美人草を描いた屏風《びょうぶ》が逆さまに立てられる。それについては「吉野紙を縮まして幾重の襞《ひだ》を、絞《しぼ》りに畳み込んだ様に描《か》いた。色は赤に描《か》いた。紫に描《か》いた。凡ては銀《しろかね》の中から生《は》へる。銀の中に咲く。落つるも銀の中と思はせる程に描《か》いた。――花は虞美人草である。落款《らっかん》は抱一《ほういつ》である」と記されている。そして、この小説で「虞美人草」の語が使われているのは、造花を思わせるここだけである。

戦死者に供えられる英国の「虞美人草」は「追悼の虞美人草（remembrance poppy）」と呼ばれる紙製の造花である。生花は長持ちせず、開花の季節も限定されるからである。そして、その造花は赤く染めた紙を重ねて作るのが伝統である。「慰霊の虞美人草」は、漱石がロンドンに留学していた時には、既に存在していたのであろう。

「虞美人草」を戦死者と結びつけるのは、一六九三年のフランドルのネールウィンデンにおける戦いで英国軍が大敗し、スコットランド兵二万人が戦死したことに始まると言われている。兵士の死体や遺物が散乱していたこの戦野に、翌年の夏、真っ赤な「フィールドポピー」が一面に咲いていたことをジェームズ・グラント（一八二二～一八八七）が遺作『スコットランドの傭兵たち、欧州の軍隊における彼らの冒険と戦績(Scottish Soldiers of Fortune,：Their adventures and achievements in the armies of Europe)』に書いていたのである。

▼霊山によじ登る

『虞美人草』は、甲野と宗近の二人が「頑固」な霊山の比叡をよじ登るところから始まる。最初のこの場面から妙に引っ掛かって不自然を感じるのは著者だけではないだろう。低徊《ていかい》趣味的な登山の道行きと二人の対話には、違和感が残る表現や矛盾がある。

二人の話題は、なぜか景色から唐突に年齢に転じられる。

「おれの幾歳《いくつ》より、君の幾歳《いくつ》だ」「ハハハハ矢つ張り隠す了見だと見える」の後で、

「僕は二十七さ」と甲野は雑作《ぞうさ》もなく言ってのける。

「さうか、それぢや、僕も二十八だ」「大分《だいぶ》年を取ったものだね」

「冗談を言ふな。たつた一《ひと》つしか違はんぢやないか」

「だから御互いにさ。御互いに年を取ったと云ふんだ」

「うん御互いにか、御互いにならば勘弁するが、おれ丈《だけ》ぢや……」である。

二人は年の差に何かこだわりがあるようであり、甲野は「年を取ること」に過敏に反応している。

「おれ丈ぢや……」の言いよどんだ「……」に甲野が本当に言いたいことがある。それは『文学論』の「F＋f」の「＋f」の世界に通じる扉の鍵に関わることである。

甲野が「二十七」であるのに、宗近が「僕も二十八だ」と「も」を使うのは変である。「僕は二十八だ」というのが普通である。宗近が「も」と言っているのは、この従兄の二人は本来同《おな》い年であり、甲野が一歳若いのは、一年前に死んでいるから、「二十七」のままであるということであろう。二十七〜二十八歳自体は「年を取った」という感慨

に浸る年齢ではない。宗近が言いたいのは「あれから一年経ったから二十八だ。君が死んでもう一年経ったのか」であろう。小説『三四郎』では、廣田の夢に出てくる二十年前に会った少女が「大変年を御取りなすつた」と言う場面がある。少女は死者であるから少女のままである。つまり、甲野は「頑強牢固」な山で命を落とした者なのであろう。

甲野については「生きて受くべき有耶《うや》無耶《むや》の累《わずらい》を捨てたるは」とか、「墓の此方《こちら》側なる凡《すべ》てのいさくさは、肉一重《ひとえ》の垣に隔てられた因果に、枯れ果てたる骸骨に入らぬ情けの油を注《さ》して、要なき屍《しかばね》に長夜の踴《おどり》をおどらしむる滑稽である」などと死や墓、屍体に関わる文言が多い。「踊りをおどらしむる」が普通である。ここでは「踴をおどらしむ」と、「踴」の字で「勇」が強調されている。

さらに「役にも立たぬ登山の痕迹を、二三日が程は、苦しき記念と残さねばならぬ」「山霊の賜《たまもの》と甲野さんは息《いき》を切らして上つて行く」の「役にも立たぬ」「二三日」「山霊」という言葉を選択することによって、漱石は「二〇三《にれいさん》」の「爾霊山《にれいさん》」、頑強牢固な要塞の山の「霊」を示唆しているようである。

彼らがよじ登った頑固な霊山から見下ろすのは、まさに東郷提督の日本艦隊に追われて逃げ込んだロシア艦隊が投錨している旅順の港湾の景観である。

「君白い帆が見える。そら、あの島の青い山を背にして――丸で動かんぜ。何時迄見て居ても動かんぜ」

「退屈な帆だな。判然としない所が君に似て居らあ。然し奇麗だ。おや此方《こっち》にも居るぜ」

「あの、ずっと向ふの紫色の岸の方にもある」

「うん、ある、ある。退屈だらけだ。べた一面だ」

「丸で夢の様だ」

「何が」

「何がつて、眼前の景色がさ」

「うんさうか。僕は又君が何か思ひ出したのかと思つた。ものは君、さつさと片付けるに限るね。夢の如しだつて懐手《ふところで》をしてちや、駄目だよ」

比叡の山頂から眺める琵琶湖の実際の景色は、足下の間近にあって極めて判然としており、ずっと向こうに紫色の岸など見えない。

この二人の会話にある「夢」の様な景色は、艦隊が帆船群に変えられてはいるものの、二百三高地からの旅順湾の遠望そのものである。肉弾による夥《おびただ》しい犠牲を払った強襲でこの高地を奪取したのは、湾内に隠れている艦隊への砲撃を誘導する観測所を確保するためであった。だから、この高地の要塞での攻防戦で命を落とした兵士たちにとっては、艦隊が一望できることは「夢の様」なのである。そして、山頂からの観測が可能になった日本軍は、巨砲による山越しの狙い撃ちを始め、艦隊を「さつさと片付けた」のである。「何か思ひ出した」とは、言うまでもなく、二百三高地を奪取した激戦のことである。

この山上の甲野については「高い、暗い、日のあたらぬ所から、うららかな春の世を、寄りつけぬ遠くに眺めて居るのが甲野さんの世界である」と表現されているので、暗い冥界から此の世を眺めているような印象を与える。

甲野は影が薄く亡霊のように存在感のない人物であり、「レオパルヂ」を愛読している。彼が父の肖像画だけを持ち家を出て消えようとしているところに、藤尾が帰ってきて憤死することにより、ミステリー小説の『虞美人草』は終わる。肖像画の額縁の紐を切る鋏《はさみ》は「レオパルヂ」の隣に置いてあるとわざわざ記されている。「レオパルヂ」がジャコモ・レオパルディであるなら、その著作では『教訓的短編集』にある『大自然と霊の対話』がよく知られている。

▼汽車の黒煙と琴の音

甲野と宗近、それに孤堂先生とその娘の小夜子《さよこ》が、夜行の汽車で東京に出立する京都駅の場面には「わが世界と他《ひと》の世界と喰違ふとき二つながら崩れる事がある。破《か》けて飛ぶことがある。あるひは発矢《はっし》と熱を曳《ひ》いて無極のうちに物別れとなる事がある」「二個の世界は耐えざるが如く、続かざるが如く、夢の如く、幻の如く、二百里の長き車のうちに喰ひ違つた」などと書かれている。汽車は「世を畏《おそ》れぬ鉄輪をごろりと転《まは》す」とある。持って回ったようなこの大袈裟な表現はミステリアスである。ここには「小説は自然を彫琢する。自然其物《そのもの》は小説にはならぬ」の一文が付け加えられているから、『虞美人草』も書かれたものをそのまま自然に読むだけの小説では決してないのである。

「破かけて飛ぶ」「発矢《はっし》と熱を曳《ひ》いて」いるのが汽車だとも言っている。後で説明する通り、「汽車」は「砲弾」の符牒《ふちょう》、つまり隠語である。死んだ藤尾の遺体に掛けられるのは「車輪」が描かれた小夜着《こよぎ》である。

乗客と汽車の関わりについては「眠る夜を、生けるものは、提灯《ちょうちん》のに火に、皆七条に向かつて動いて来る」「黒い影が急に明るくなつて、待合に入《い》る」「黒い影は暗い中から続々と現はれて出る。場内は生きた黒い影で埋《うづ》まつて仕舞ふ」「京の活動を七条の一點《てん》にあつめて、あつめたる活動の千と二千の世界を十把《じっぱ》一絡《ひとから》げに夜明け迄に、明るい東京へ推し出さう為に、汽車はしきりに烟《けむり》を吐きつつある」「黒い影はなだれ始めた。――一団の塊《かた》まりはばらばらに解《ほご》れて點となる。點は右から左へと動く。しばらくすると、無敵な音を立てて車両の戸をはたはたと締めていく。忽然としてプラットフォームは、在る人を掃いて捨てたようにがらんと廣くなる」と講談じみた調子で語られている。

わざわざ群集を「生きた黒い影」と言うからには、「死んだ黒い影」が裏にあると考えてよさそうである。「千と二千」は三千である。この三千人が「しきりに烟を吐」いている汽車に「十把一絡げに」押し出される結果、黒い影は「なだれ始め」てばらばらに散開する。そこに、車両が「無敵な音を立てて」「はたはたと締め」るのである。「無敵なハタハタ（はたはた）」は機関砲の音を想像させるから、「在った黒い影」は機関銃で掃射され全滅して、そこは忽然「ガラン」と無人になったようである。「生けるもの」は「逝《い》ける者」と読め、これは『三四郎』で「マドンナ」が「実は生きてないの」と言って現れる場面につながる。

「三千人の黒い影」は、機関銃に撃たれて死んだ『趣味の遺伝』の「浩さん」が参加した三千人の夜襲決死隊を思い起こさせる。この駅の場面の表現は、松樹山と二百三高地の違いはあるものの、『趣味の遺伝』の冒頭で描写されている要塞への突撃の状況と表裏になっている。

古都の京都で弾《ひ》かれる琴も「弾《たま》」を発する銃砲である。三条の「蔦屋《つたや》」で、宗近が隣家の琴の音をただ漫然と聞く。琴は「ころりんと掻き鳴し、またころりんと掻き乱す。宗近君の聴いてるのは正に此《この》ころりんである」とある。

東京にいる宗近の妹糸子が、京の宗近と甲野が「宿の隣家で美人が琴を弾いているのを、気楽に寝転んで聴いてゐるのは、詩的でいいぢやありませんか」と言うのに対して、「想像すると面白い画ができますよ。どんな所としたらいいでせう」とは藤尾の言である。藤尾はその情景を「二階の下に飛び石が三つ計り筋違《すじかい》に見えて、その先に井桁《いげた》があって、小米桜が擦れ擦れに咲いてゐて、釣瓶《つるべ》が触るとほろほろ、井戸の中へこぼれさうなんです……」「小米桜の後ろは建仁寺の垣根で、垣根の向かふで琴の音がするの」「二階の欄干《てすり》から、見下ろすと隣家《となり》の庭が悉皆《すっかり》見えるんです。序《つい》でに其庭の作りも話しませうか。ホホホホ」「ホホホホ御厭《ごいや》なの――何だか暗くなって来た事。花曇が化け出しさうね」と詳しく言いのけて謎をかける。明けて二十四歳、つまり、一年前は二十三であった彼女は「ころりん」の当事者であったから、このように言えるのであろう。

現実の建仁寺の南門は、四条と五条の間の八坂通りに面し、西側は鴨川を東に行った大和大路にある。したがって、「二階から加茂川が見える」と藤尾が言う三条の「蔦屋」と建仁寺が隣り合うことはない。ここであえて「建仁寺」の名前を漱石が出しているのは、背が高く外からの侵入を防ぐのに適した「建仁寺垣」のような頑丈牢固な防壁の向こう側から「琴の音」、つまり「弾」がしきりに飛んで来る状況を伝えるためであると考えられる。

見下ろすと隣家の庭が見える三条の二階の欄干は、「霊山上」の観測所であり、そこからは「丸で夢の様」に旅順口のロシア艦隊が見張らせるのであろう。「庭の作り」の「御厭なの――」と藤尾が知っていながら、あえて言わないのはこのことである。したがって、擦れ擦れに咲き、ほろほろと井戸の中に散る小米桜とは、死ぬために塹壕に飛び込んだ第三軍の兵士あり、散った花が化け出たのが藤尾である。

さらに「蔦屋」と言えば、戯作文学の仕掛け人の蔦屋重三郎の名が思い浮かぶ。重三郎の狂歌の筆名は「蔦《つた》の唐丸《からまる》」であったから、「唐の丸」つまり、中国にあるロシア軍の要塞を連想させる。さらに漱石は蔦屋の「二枚」の「唐紙《からかみ》」に描かれた三本の真青《まっさお》な筍《たけのこ》という謎掛けもしている。筍が真っ青なのは「食ふと中毒《あた》ると云ふ謎なんだらう」と宗近は言うものの、『趣味の遺伝』で漱石は「機関砲は、杖を引いて竹垣の側面を走らす時の音」と表現していることから、「食《く》らう」「当たる」「二〇（唐、空《から》）三」の「二百三高地」を連想することができるのである。

藤尾が予告する「面白い画」は、最後の場面で、家を出て消えようとしているハムレットの甲野が唯一所有する額縁と因縁がありそうである。額縁の画は、外国で命を落とした甲野の父の肖像画であり、ハムレットの前に現れる前王の幽霊と重なる。それだけではない。甲野自身が画に描かれた死者の亡霊のようである。

「面白い画」は、『三四郎』においては「マドンナ」の美禰子を描いて公開される。

このような低徊趣味の凝った表現により、慎重にかつ遠回しにほのめかされているため、ミステリアスな小説『虞美人草』の裏にある本意を解明するのは骨が折れる。その点、『三四郎』は夢幻能の舞台の展開がよく整理され、文体も簡潔であるのでわかりやすいと言えるだろう。先に進もう。

▼「迷女」の藤尾

『虞美人草』のヒロインの藤尾は亡霊であるだけに、はじめに「魔力の境を極《きわ》むるとき、桃源に骨を白うして、再び塵寰《じんかん》に帰るを得ず」とか、「燦《さん》たる一点の妖星《ようせい》が、死ぬる迄我を見よと、紫色の、眉近く逼《せま》るのである。女は紫色の着物を着て居る」などと紹介され、穏やでない。

このとき、彼女が読んでいるのは「墓の前に跪《ひざま》づいて云ふ。此手《この》にて——此手にて君を埋《うづ》め参らせしを、今は此手も自由ならず」「此手にて君が墓を掃《はら》ひ、此手にて香を焚《た》くべき折々の」「羅馬《ローマ》の君は埃及《エジプト》に葬られ、埃及なるわれは、羅馬に埋められんとす」という墓について語るクレオパトラのせりふである。

藤尾については、先述の「三条の琴」のところで、「戸板返しにずどんと過去へ落ちた」「追ひ懸けてくる過去を逃るるは雲紫に立ち騰《のぼ》る袖香爐《こうろ》の烟《けぶ》る影に、縹渺《ひょうびょう》の楽しみを是ぞと見極むる暇もなく、貪《むさぼ》ると云ふ名さへ附け難き、眼と眼のひたと行き逢ひたる一揆《いちさつ》に、結ばぬ夢は醒めて、逆《さか》しまに、我は過去に向つて投げ返へされる」とも書かれている。

「雲紫に立ち騰る袖香爐の烟る」なら、『坊っちゃん』の「マドンナ」と同様、抹香臭い怨霊であり、その名が示す通りの「紫の女」である。

「戸板返し」とは、歌舞伎の『東海道四谷怪談』の隠亡掘《おんぼうほり》の場面の仕掛けである。民《たみ》谷伊右衛門《やいえもん》が流れてきた戸板をひっくり返すと、自分が斬殺した小仏小平《こぼとけこへい》の幽霊が現れ、さらに伊右衛門がその上半身を隠す菰《こも》をめくると、自分が毒殺した妻のお岩が醜く面貌《めんぼう》を変じて現れる。これは「小仏小平、骸骨の早替り」と呼ばれている演出である。戸板返しにズドンと過去に落ちるのが藤尾であるのは、お岩に変じた小平のように、過去の尽きせぬ恨みを抱えて「女」に変身した幽霊であるからである。


藤尾の紫は高貴な色であり、クレオパトラを象徴する色である。彼女が紫である理由は高貴な身の上だけではない。「古《ふる》い穴《あな》の中《なか》へ引き込まれて、出る事が出来なくなつて、ぼんやりしてゐるうちに、紫色のクレオパトラが眼の前に鮮やかに映《うつ》て来ます。剥《は》げかかつた錦絵《にしきえ》のなかから、たつた一人《ひとり》がぱつと紫に燃《も》えて浮き出して来ます」という小野の言葉に対して、藤尾は「ぢや、斯《こ》んな色ですか」と「青き畳の上に半ば敷ける、長き袖を、さっと捌《さば》いて、小野さんの鼻先に翻へす。小野さんの眉間《みけん》の奥で、急にクレオパトラの臭《におい》がぷんとした」のである。すると小野の心は「杳窕《ようてう》の境《さかい》に誘はれ」て、「紫の恋が九寸五分」と言う。「恋が怒《おこ》ると九寸五分が紫色《むらさきいろ》に閃《ひか》る」のである。

要するに、「紫」は危険な「命懸け」「決死の覚悟」の「襷掛《たすき》け」の色なのである。藤尾が着けていた「紫の絹紐《リボン》」は、藤尾が死んだ時、取って捨てられる。それと同じ紫の夏用の絹紐を『三四郎』の美禰子も着けている。それは野々宮が買ったものであるため、三四郎の心は穏やかでない。旅順の戦場における絹紐の役割を考えるなら、『三四郎』の藤尾と美禰子の「蝉の羽根のような絹紐《リボン》」は、三四郎の嫉妬心など問題にならず、全く別のそれでいて深刻な意味を持つ。決死の「絹紐」は決死隊の「白い襷」を連想させるからである。襷は背中で交差させ、×（ばつ）字に掛けるから、その形は背中の「羽根のよう」だとも言える。

漱石は「連想」の文学的な効用について、『文学論』（第二編第三章）で「円が四角と化し去る読者の幻惑は聯想によつて引き起こされる」と書いている。

漱石は、『虞美人草』の連載予告に「純白と深紅と濃き紫のかたまりが逝く春の宵の灯影《ほかげ》に、幾重の花弁《はなびら》を皺苦茶に畳んで、乱れながらに、居を欺く風情は艶とは云へ、一種沃沙な感じがある」との文面も寄せている。

「紫」は藤尾の色であり、「紫のリボン」は美禰子も付けている。旅順で赤に染まったのが白い襷である。「沃沙」とは妖霊のことであろう。「沙」は「砂」であり、戦死者の美禰子は真砂町に住み、「サンドヰッチ《さんどいっち》」を差し入れ、縁側を砂だらけにする「砂の魔女（sand witch《サンドキッチ》）」である。

旅順口への第一次、第二次の総攻撃が惨憺たる結果に終わり、膨大な死傷者を出した旅順の乃木軍の司令部は、第三次総攻撃を十一月二十六日に定め、特別予備隊として三千人余の決死隊員を選抜して白襷《しろだすき》を着けさせた。『趣味の遺伝』の「浩さん」が参加した「白襷隊」である。与えられた軍命は、正面からの強行突破により堅固な松樹山要塞を抜き、旅順市街に突入するという、正気とはとても思われない非現実で無謀極まりないものであった。司馬遼太郎は『坂の上の雲』で、これを「無能な司令部は困難の極に達したとき、最もおろかな戦法を実施する」「乃木軍司令部は、全体としてヒステリー稚態のなかにあったのかもしれない」と評している。

東京の第一師団と旭川の第七師団から選抜された白襷隊の兵士たちは、松樹山要塞の前面の第四補助砲台の壕の前に張られた鉄条網を「擦れ擦れ」に抜け、夜陰に紛れて要塞に殺到した。待ち構えていたロシア軍マキシム機関砲の狙い撃ちに遭い、一時間ほどで壊滅した。闇夜の白兵戦で味方を識別するための白襷は、ロシア軍の最新の探索燈《サーチライト》で「ぱっと」照らし出され、格好の標的になってしまったのである。元禄時代の討ち入りなら闇夜の斬り合いの目印に役立つかもしれない。探索燈と機関銃を備えて、前面の壕だけでも深さ二メートルもある、ベトンで固めた近代要塞を攻めるのに、白襷とは時代錯誤も甚だしいと言わざるを得ない。藤尾が「濃い紫の絹紐《リボン》に、怒をあつめて」「突然と玄関に飛び上がつた」のも無理はないだろう。「玄関」は松樹山要塞の「正面」を思わせる。

▼「マドンナ」の死の真相

藤尾の死は、造花の「虞美人草」を描いた屏風が枕頭に置かれた藤尾を覆う掛け物によって、汽車による轢死《れきし》であったことが最後に暗示される。

「隔《へだて》の襖《ふすま》は明《あ》けてある。片輪車《かたわぐるま》の友禅の裾丈が見える。あとは芭蕉布の唐紙《からかみ》で万事を隠す。幽冥を仕切る縁《ふち》は黒である。一寸幅《いつすんはば》に鴨居から敷居迄真直《まつす》ぐに貫いてゐる」「覗《のぞ》く度《たび》に黒い縁《ふち》は、すつきりと友禅の小夜着《こよぎ》を斜《はす》に断ち切つてゐる」とある。真っ直ぐな一寸幅の黒い縁は鉄道のレールを想起させる。片輪車は汽車の車輪である。そして、藤尾の友禅の小夜着は斜めに断ち切られている。

『三四郎』では「女」の礫死体が目撃される。「汽車は右の肩から乳の下を腰の上迄美《み》事《ごと》に引き千切《ちぎ》つて、斜掛《はすかけ》の胴を置き去りにして行つた」のである。藤尾の遺体もこれと同じように斜めに胴を断ち切られている。したがって、藤尾も汽車によって轢死したと読める。

さらに、三四郎が病院の廊下ですれ違う美禰子の着物については「色はなんと云ふ名か分からない」ものの、「鮮《あざ》やかな縞《しま》が、上から下へ貫いてゐる」。この縞について「割れて二筋《ふたすぢ》になつたりする。不規則だけれども乱れない。上から三分の一の所を、広い帯で横に仕切つた」と書かれている。「三分の一の所を」「仕切つた帯」は胴の三分の一の所で切れた轢死体を思い起こさせる。

着物の縦縞はどうすれば「割れて二筋」になるのであろうか。これも二本の線路を暗示し、割れた死体を想像させる脚色なのであろう。

着物姿の美禰子は、誰もいない後ろを振り返る仕草をする。「右の肩が、後《あと》へ引けて、左の手が腰《こし》に添《そ》つた儘前へ出た。手帛《はんけち》を持つてゐる。其手帛《はんけち》の指《ゆび》に余つた所が、さらりと開《ひら》いてゐる。絹《きぬ》の為《ため》だらう。――腰から下《した》は正しい姿勢にある」である。つまり、右肩から左の腰への斜線を境界にして、上半身が「斜掛《はすかけ》に」して下半身とは違う方向にもっていかれるのである。もう少し文学的な表現にしてもよさそうなところ、「右の肩」「左の手が腰」などと、冷静に観察したと思われる正確な所見は、汽車が右の肩から乳の下を腰の上まで引き千切り斜掛の胴を置き去りにしていった女の藤尾が、すなわち「マドンナ」であることを示している。

漱石の小説では「汽車」とは「砲弾」の符牒である。「弾丸列車」の慣用表現からきているのではなく、二百三高地で戦死した乃木希典《まれすけ》司令官の次男保典《やすすけ》が、戦場から親戚の少年に若者言葉で宛てた当時広く知られた手紙に拠る。

「露助《ろすけ》ノ野郎、大キナ大砲ヲ打ツゼ。踏切ノ下ニ居テ、汽車ノ通ルノヲ聞ク時ヨリモ、モット大キナ音ガスルンダゼ」である。まさに「砲弾」が「汽車」である。

したがって、藤尾とは『三四郎』の轢死した女と同類の、旅順で砲弾により絶命した兵士の亡霊であると読めるのである。

小説『虞美人草』にある「倩《せん》たる巧笑にわが命を託するものは必ず人を殺す。藤尾は丙午《ひのえうま》である」の下りは、とくにミステリアスである。死ぬのは藤尾であるから、必ず殺されるのは藤尾であると言っているのであろうか。「丙午」に当たるのは明治三十九（一九〇六）年で、日露戦争が終わった翌年である。『虞美人草』の書かれた年である。「丙午生まれ」とは書いてないものの、もし藤尾が「丙午生まれ」であるなら、この小説執筆時の藤尾は六十二歳、あるいは二歳ということになる。十干《じっかん》の丙《ひのえ》は陽の火で、十二支《じゅうにし》の午《うま》も陽の火で、火の比和の相乗であるから、強烈に燃え上がって死んだということであろうか。

第四章　『草枕』　幽玄にして綺麗な夢幻能

〈『草枕』は明治三十九（一九〇六）年九月に雑誌『新小説』に掲載され、漱石の作品集『鶉籠』に収められ翌四十年一月に春陽堂から出版された〉

▼シテの「マドンナ」那美

芸術論や文学的うんちくが散りばめられた『草枕』は、画工の旅行随筆の体裁を取りながら、衒学的《げんがく》な記述の多くがパロディーである。本物とズレた奇妙さと矛盾があり、裏の世界「＋ｆ」の真実を示唆している。だから書かれている高説をそのまま真面目に受け取ると漱石の真意は読み取れない。

小説『草枕』の構成は歴然とした夢幻能であり、「人でなしの国」に遊ぶことに憧れる画工は、死者の国に誘い込まれ、亡霊の話を聞かされる羽目になるワキの役を演じさせられている。彼が見ている山野と海の景色、那古井というひなびた温泉地で起きる出来事の幻影は、旅順の戦場の地獄絵図である。ここにシテとして現れるのは、戦死者の亡霊の「迷女《マドンナ》」である那美という狂女《マッドオンナ》である。

ワキの画工は温泉郷に到る峠の茶店の老婆に那美の話を聞かされる。老婆は美那本人が身をやつして現れた分身であり、ワキを夢幻の境に誘い込む前シテである。

ワキが誘い込まれた夢幻の宿に現れた亡霊の那美は、蚤《のみ》の国、蚊《か》の国に移ると奇妙なことを口走る。これは、地口によって暗示される「黄泉《よみ》の国」「彼《か》の国」の彼岸のことである。

客室に掛けられている「黄檗《おうばく》の高泉和尚《こうせんおしょう》の筆致」の軸も、ここが夢幻能の世界であることを示している。確かに江戸時代初期の黄檗派に高泉性潡《こうせんしょうとん》という僧が実在した。漱石がこの人物の名をあえて引いてきた理由は、この宿が「黄泉《こうせん》」につながっていることを伝えるためである。

画工の記述には、日露戦争が深く重い影を落としており、表の物語の時間の流れは奇怪で不合理である。最後の場面で、画工は那美たちと共に出征する青年の久一を見送る。那美は馬に乗り峠を超えて嫁入りした。嫁ぎ先は町の資産家だった。御曹司の夫の勤める銀行が戦争による経済変動によって倒産したため実家に帰ってきた出戻りである。那美が那古井に戻ってから、久一の出征までにはそれなりの年月が経過しているようである。日露戦争は一九〇四年二月六日から翌〇五年九月五日まで続いた。一年七カ月間である。茶店の婆さんは、五年前に那美が峠を越えて馬で嫁入りした姿を見たと証言している。那美が離縁されて那古井に戻って来たのが何年前かは明かかにされていない。夫の会社の倒産から、久一の出征までの時の経過は、到底一年七カ月に収まらないような書きぶりである。

この時間的不整合は、諸国一見の旅のワキが峠の茶店に着き、那美本人の仮の姿である前シテの婆さんに会った時から、時間も空間も融通無碍《ゆうずうむげ》である夢幻の幽界に引っ張り込まれているので、問題にならないのであろう。漱石自身も文中で「余が嬉《うれ》しいと感ずる心裏の状況には時間はあるかも知れないが、時間の流れに沿ふて、逓次《ていじ》に展開すべき出来事の内容がない」と、「裏」の幽玄界「+f」の時間の流れに言及している。

前シテの老婆は、那古井までは二十八丁、近道を行けば六丁ほど近いと言う。一丁は約一〇九メートルであるから、峠を下るその距離は三キロほどである。日が高い日中に着くはずであった。ところがである。画工が志保田《しおだ》の化け物屋敷に着いたのは、すでに日が暮れた夜の八時を過ぎてであった。途中の長良乙女の五輪塔に詣でたとしても、何時間もかかることはない。「二十八」の数字は、旅順口への山越えの砲撃で威力を発揮した「二十八サンチ榴弾砲」と関連があると思えてならない。

▼死者の那美と久一

召集されて満州へ出征する久一に「わたしが？　わたしが一軍人？　わたしが軍人になれりやもうとうになつています。今頃は死んでゐます。久一さん。御前も死ぬがいい。生きて帰つちや外聞がわるい」と、殊更に「わたしが軍人」を繰り返す那美は言葉通り、「もうとうに」に戦場で「死んで」「今頃」この幽界に出ている亡霊である。したがって、戦場に赴く久一には、戦場で死んだ那美の姿が重ねられている。

出征する久一について、老人は「これがもと志願兵をやつたものだから、それで召集されたので」と要領を得ないことを言って言葉を濁す。「もと志願兵だったが、今度また招集された」と言う意味であるなら、「徴兵される前に志願兵となっていたが、除隊後に戦争に招集された」のであろうか。疑問は尽きない。一年半超の戦役で志願兵を除隊させ再度招集するような悠長なことがあり得たのであろうか。また「志願兵であった」ではなく「志願兵をやった」という言い方は微妙である。久一は白襷隊のような特別攻撃の決死隊の志願兵をやり、その結果死んだということなのであろうか。

老人の言葉の直後には「朔北《さくほく》の曠野《kouya》を染むる血潮の何万分の一かは、此《この》青年の動脈《どうみゃく》から迸《ほとばし》る時が来るかも知れない」「其《その》鼓動のうちには、百里の平野を捲《ま》く高き潮《うしお》が今既に響いているかも知れぬ」と書かれている。これも久一の満州での戦死を印象づけ、「鼓動が今既に響く」の「既に」は余計であるから、久一は「既に」死んでいる人物の亡霊であると読めるのである。「車輪が一つ廻れば久一さんは既に吾等が世の人ではない。遠い、遠い世界に行ってしまう」も、久一が回転しながら飛ばされる砲弾の犠牲者であることを暗示している。

そしてこの下りは、「運命は卒然として」、久一と「夢みる事より外に、何らの価値を、人生に認め得ざる一画工」としての語り手の「二人を一堂のうちに会したるのみにて、其他には何事をも語らぬ」と結ばれている。やはり久一は、ワキである画工の夢幻に卒然とその本性を現したシテ本来の姿なのであろう。

久一はつまり、『趣味の遺伝』の「浩さん」同様に旅順の激戦で決死隊に志願して戦死した兵士の出征当時の姿である。それに対して那美は、その兵士が死んで女に変身した久一の亡霊ということである。まさに『虞美人草』の藤尾によって例えられている、小仏小平の戸板返しの変容である。「持って生れた顔はいろいろになるもの」であり、久一と那美の両者が茶店の老婆と、同一人物の亡霊と読むなら、矛盾に満ちたこの小説のミステリーを合理的に読み解くことができる。そして、漱石がこの夢幻能小説に織り込み伝えようとした主題が何であるかも理解できる。

「草枕」は「旅」の「枕詞《ことば》」であるから、題名からして既に「旅順」を暗示していることを見落とすわけにはいかない。「暗示」の手法についても漱石は「吾人の意識の推移は暗示法に因つて支配される」と『文学論』（第五編第二章）に書いている。漱石のミステリーを解くには、暗示によって伝えようとしている真意を洞察することも不可欠である。

▼那美の正体を示すもの

那美が何者であるかを暗示する漱石の作為は、以下のような記述からも読み取れる。

青磁の皿に盛られた羊羹《ようかん》について画工が「此青磁《このせいじ》の形は大変いい。色も美事《みごと》だ。殆《ほと》んど羊羹《ようかん》に対して遜色《そんしょく》がない」と言うと、那美はこれを気の利かない洒落《しゃれ》と解して軽侮の表情を浮かべる。これに対して「洒落とすれば、軽蔑される価《あたい》は慥《たし》かにある。知恵の足りない男が無理に洒落た時には、よくこんな事を云《い》ふものだ」と画工は思う。

ここで那美に軽侮の表情を浮かべさせた茶菓器の見立ての言葉に託した、無理のある駄洒落とは「この征戎《せいじゅう》の形は大変いい。色も美事だ。殆ど陽関《ようかん》に対して遜色がない」ことを指すと考えられる。「征戎」は「紅旗《こうき》征戎《せいじゅう》吾が事に非ず」（藤原定家『名月集』）の、西方の異民族支配のための征服戦争のことである。「陽関」は「西の方《かた》陽関を出れば故人無からん」（王維『送元二使安西』）の西域に通ずる関門のことである。駄洒落の意味は「西の方、満州に赴き、侵略者のロシアを征懲するこの日露戦争は、その昔、唐の帝国が陽関から打って出た征戎の軍事行動と比べても遜色がない」ということであろう。これを大陸に出兵してロシアと戦う戦争の正当性を喧伝するものと受け取った那美は「心外な。何を愚かなことを！」との気持ちを抱いたのである。そして那美こそは、日露戦争で無惨に殺された兵士の亡霊だったのであるから、このような気持ちを抱いたとしても無理はないのである。

「二三年前宝生の舞台で高砂を見た事がある。その時これはうつくしい活人画だと思つた。箒《ほうき》を担《かつ》いだ爺さんが橋懸《はしがか》りを五六歩来て、そろりと後向になつて、婆さんと向ひ合ふ」とある。高砂で熊手と箒で松の落ち葉をかき寄せる老夫婦のことを尉《じょう》と姥《うば》と言う。宝生において「翁《おきな》」の「尉」が持っているのは「箒」ではなく「竹把《さらえ》」であり、それを担ぐような動作は行わない。『坊っちゃん』で箒を担いで去るのは、鉄砲足軽の奇兵隊の大将「村田蔵六」を戯画化した「小使」であるように、担がれる箒は鉄砲である。したがって、この高砂の「尉」も、「松樹の下」で「鉄砲」を担ぎ、「掃く」つまり「掃射」する軍人の「尉官」と読める。「尉」が「婆さん」と向かい合った瞬間、生きていた「活人」の「姥」は「正面」を向いたまま、その表情は「ぴしゃり」と「血が通わなくなった」のである。「尉の翁」と「姥《おうな》」の正体は、「高砂」と「住吉」の「相生《あいおい》の松の精」であり、両者は一心同体である。「姥」に「血を通わせた」茶店の「婆さん」とは、この世に舞い戻った「尉」の亡霊の前シテであるなら、ここの「活人画」とは、「亡霊が生きている人間の姿を借りて現れている場面」の意味ととらえるのが自然である。

峠の茶店には「五厘銭と文久銭が散らばつて居る」。当時はまだ文久銭が一厘五毛として通用していたので、「五厘銭」と「一厘五毛」によって「一銭五厘」の示唆となる。「一銭五厘」は召集令状を送る郵便料金であり、「兵隊など一銭五厘でいくらでも集められる」と、陸軍に命を粗末に扱われたとされる兵士の命の値段である。那美も「一銭五厘」で満州に送られた一人なのであろう。「一銭五厘」は「坊っちゃん」と「山嵐」が押し付け合う氷水《こおりみず》の代金でもある。

峠で画工と茶店の婆さんが交わした話の内容を、那美がその場に居合わせたかのように知っているのも、那美と老婆が同一の亡霊であるからである。そうでなければ、婆さんがすらすらと詠じた「あきづけば、をばなが上に置く露の、けぬべくもわは、おもほゆるかも」を那美が翌日にタイミングよく吟じられるはずはない。

「幽霊の正体見たり枯れ尾花」の句は江戸時代以降、広く知られている。「をばな」は

「雄花」とも薄《すすき》の穂の「尾花」と取れる。薄の相手は月であるのが通例であり、薄の穂に「露」は相性が悪い。那美は自分が「雄花《をばな》」であると言って、自分が「露と消えた男」であることを言外に明かしているようでもある。

この歌について、那美は「婆さんが教えましたか。あれは元私のうちに奉公したもので、私が嫁に……」と言いかけて、画工の顔色を窺い「私がまだ若い時分でしたが」と辻褄《つじつま》を合わせる。これを見るだけでも、那美の言動には裏があって信用できない

また、「露と尾花」については、小唄に「露は尾花と寝たと云う、尾花は露と寝ぬと云う、いや寝たという寝ぬと云う、寝たらこそ芒は穂に出てあらわれた」がある。ここでは尾花が女である。「穂《ほ》に現れる」つまり「頬《ほお》に羞恥の朱が現れる」をオチにするからである。

画工の俳句「花の影、女の影の朧《おぼろ》かな」を「花の影女の影を重ねけり」に、「正一位女に化けて朧月」を「御曹司女に化けて朧月」に書き変えたのは那美である。その鉛筆の字は、「女にしては硬過ぎる、男にしては柔らか過ぎる」のであるから、書き込んだのは男であるが、女でもあるということになるだろう。この俳句の話についても、背の

高い那美は死んだ御曹司が「迷女《まどんな》」の姿で現れた亡霊であることを示唆する道具立てである。

▼深夜に頻りに鳴る銃

「夜になると、しきりに銃《つつ》の音がする。何だと聞いたら、猟師が鴨をとるんだと教へてくれた」とある。鉄砲による鴨猟には、夕暮れに餌場に飛来するのを山の鞍部から狙う「まずみ撃ち」がある。日が暮れてから銃を、それも「頻《しき》りに」撃つことはない。したがってこの文面も、銃を「つつ」と読ませて、鉄砲だけでなく大筒の大砲をも匂わせることで、ワキの画工が亡霊に誘い込まれた夢幻の時空が、日本軍が夜襲突撃を敢行した旅順の戦場であることを伝える。

「黒い所が本来の住居《すまひ》で、しばらくの幻影《まぼろし》を、元の儘《まま》なる冥漠《めいばく》の裏《うち》に収めればこそ、かやうに閒靚《かんせい》の態度で、有《う》と無《む》の間《あいだ》に逍遥《しょうよう》してゐるのだらう。女のつけた振袖に、紛《ふん》たる模様の尽きて、是非もなき磨墨《するすみ》に流れ込むあたりに、おのが身の素性をほのめかして居る」も、回りくどい筆致ながら、那美が本来の住居である冥界から幽界に現れたという「素性」をほのめかしている。

「鉄車」を見送る那美と「鉄車」に乗った髭だらけの野武士が思わず顔を見合わせた刹那、那美の呆然とした表情には「今迄かつて見た事のない『憐れ』が一面に浮いている」ので、「それだ！それだ！それが出れば画になりますよ」と画工は言い、この幻想小説は完結する。言い換えれば、画工が胸中で探し求めてやまなかった画想が得られることによって、このミステリー小説は終わるのである。

砲弾に斃れた亡霊のシテは、こうして画に描かれることを通じてその無惨な死の実情を国民に理解してもらい、納得して冥界に赴くことができるのである。

画工は、木瓜《ぼけ》の下で横になって寝ていたとき、那美と野武士が会っているところを目撃する。そこには「二人の姿勢が此《かく》の如く美妙な調和を保つて居ると同時に、両者の顔と、衣服には飽迄《あくまで》、対照が認められる」のであるから、この髭面の野武士は、那美にとっては深刻で深い因縁がありそうである。

▼那美の敵

那美に「憐れ」の感情を引き起こしたとされるこの野武士の正体を知ることも、那美の謎解きをする上で欠かせない。幕切れで「三等列車」の窓から顔を出した男については「茶色のはげた中折帽の下から、髯だらけな野武士が」と書かれている。

「三等車」の「三」、「はげた」、「茶」、「中折帽」に謎を解く手掛かりがありそうである。これだけではよくわからない。解にたどり着くには、漱石の他の作品を読み込む必要があるだろう。

「頭に新しい茶の中折れ帽を被《かぶ》つて」いるのは『三四郎』に登場する野々宮である。野々宮は、旅順攻略で膨大な戦死者を出した作戦の責任者、第三軍参謀長の伊地知孝介を擬した人物である。帽子は頭に被ると決まっているのに、わざわざ「頭に」と書いているのは、「頭」に特別な含みがあるからに違いない。もし、野武士がこの男の同類であるなら、彼は那美の怨念の対象の敵である。つまり、那美と野武士は『三四郎』におけるマドンナと野々宮の因縁に似ている。

幕切れにはさらに緊張感を高める仕掛けがある。旅順口の要塞への肉弾突撃作戦を命じて、那美、つまり久一らを殺した陸軍首脳が顔を出しているからである。それは、柳の下の舟で垂綸《いと》を見詰めている男である。男は『坊っちゃん』で船から指一本で糸だけで釣りをする「赤シャツ」である。この釣りは「糸はあまる程あるが、浮がありません」と描写されたものの、ここにはあえて仮名が付されていない。「糸」は「糸《ひと》」、「浮」は「浮《ぶき》」と読んで、人《ひと》は余っているが武器《ぶき》がないと参謀総長の山県有朋が命じた人命軽視の斬り込み作戦を批判するものであろう。

この男は「髪結床《かみいどこ》」の向かいの軒下で、「蹲踞《うずく》まりながら」小刀で貝をむいて赤い味《み》を笊《ざる》に隠している爺さんでもである。貝とは「口無しの員」つまり「死人の兵員」であり、その犠牲は「笊《ざる》」の底なし。山県は際限のない犠牲を強いる総大将なのである。

船から上がった画工は、停車場の前の「茶店」に居た赤ケットの男と千種色の股引きにつぎを当てた男を写生する。「彼等は満洲の野に吹く風の臭ひも知らぬ。現代文明の弊《へい》をも見認《みと》めぬ。革命とは如何《いか》なるものか、文字さへ聞いた事もあるまい」と書かれているから、この「赤ケット」も、やはり「赤シャツ」の山県であろう。赤ケットは赤いブランケット、つまり赤毛布のことである。

そして、股引きにつぎを当てた男は「うらなり」の乃木希典を思わせる。後に昭和天皇となる裕仁親王は、学習院の乃木院長の「破れた着物をそのまま着ているのは恥だが、そこをつぎして繕って着るのは決して恥ではない。いや恥どころではない」という訓話に感じ入り、女官に洋服や靴下につぎを当てさせ、「院長閣下がおっしゃったんだから、これでいいんだ」と満足そうであったという話が伝わっている。親王が学習院で教育を受けたのは、明治四十一年で、『草枕』が発表されたのは明治三十九年である。漱石はこの逸話を『草枕』で諷刺することはできない。とはいえ、徹底した質素倹約の清貧生活を送っていた乃木はつぎ当てのある衣服を着用していたのかもしれない。

久一の出征の場面に、旅順戦死者の怨念の標的である参謀総長と第三軍司令官が顔を出しているなら、旅順強襲の作戦責任者がここに居て不思議はない。髭面の野武士とは、第三軍参謀長の伊地知孝介であると考えるのが自然ではないだろうか。

『坊っちゃん』には、「港屋《みなとや》」「皆屠屋《みなとや》」の「やな女」として伊地知《いじち》が登場する。「上がれ、上がれ」「要塞に攻め上がれ」と言い立てるので、「坊っちゃん」の不興を買う。

「いやな女」と「やな女」の違いは「いちじ」の「いの字」である。

亡霊であるシテの那美が、本来の兵士の姿で英霊として心穏やかに冥界に赴くことができるのは、彼が死に追い込まれた真相、およびその不条理に対する怨念について、ワキの語り手が画にして世に問う手続きが必要なのであろう。旅順の戦場で繰り広げられた無惨な肉弾戦、ひいては日露戦争の実体と「野武士」ら戦争指導者の罪禍について国民に伝え、政府の富国強兵と殖産興業による近代化の是非を問うことを戦死者は求めているからである。

女の姿を借りた兵士の怨霊のシテに、彼らが斃《たお》れた戦場を描いた画を手向《たむ》けて冥界に送るというこの夢幻能は、完成された様式となって、次の小説『三四郎』の美禰子の画のミステリーに引き継がれる。

『草枕』が収められた『鶉籠《うずらかご》』の初版の扉の題字の「草枕」は、幽霊を思わせる意匠の朱印である。これが朱印であるのはこの作品集に収められた『坊っちゃん』のはんこの意匠に、『草枕』も『二百十日』も統一されているからである。

『鶉籠』の名は、横井也有《やゆう》（一七〇二〜八三）の俳文集を大田南畝《なんぽ》（一七四九〜一八二三）が「あやしくは　へもなききれぎれを　あつめつづりたるを　うずら衣といふなり」として刊行した『鶉衣』（前編一七八七年・後編一七八八年刊行）から取られたものであろう。『鶉衣』で最もよく知られている句が「化物《ばけもの》の正躰見たり枯尾花」である。

第五章　『三四郎』　夢幻能小説の集大成

〈『三四郎』は明治四十一（一九〇八）年九～十二月に『朝日新聞』に連載され、翌四十二年五月、春陽堂から出版された〉

▼完成された夢幻能ミステリー

小説『三四郎』の表向きの筋は、東京に上った三四郎という若者が神秘的で不可思議な令嬢の美禰子に魅了され、振り回されたあげくに別れを告げられる話である。ヒロインの美禰子も実にミステリアスな存在であり、三四郎はその言動に翻弄され続ける。それもそのはず、美禰子は「マドンナ」の一人、つまり迷える死霊であり、三四郎は女性の姿をしたこの怨霊に取り憑《つ》かれ、その霊力に支配されている。『三四郎』には里見美禰子と野々宮よし子というヒロイン二人が能楽の『二人静《ふたりしずか》』のように登場する。よし子も旅順で死んだ兵士の霊魂である。

三四郎が汽車で着いた東京は建物が乱雑に取り壊されている。そこは夢幻界であり、破壊と殺戮《さつりく》が繰り広げられている旅順の戦場である。轟音《ごうおん》を立て走り去る物騒な「汽車」は「砲弾」であり、「チンチンと鳴つて発車する間に非常に多くの人が乗り降りする電車」は、「杖《つえ》を引いて竹垣の側面を走らす時の音をさせて発射されると非情に多くの人が殺される機関銃」である。

この長編小説は、夢幻能の形式に沿って展開されるため理解しやすい。

三四郎が九州の京都郡の田舎から上京する汽車が京都を過ぎたところから物語が始まる。列車内の出来事が能の前場《まえば》である。ここで三四郎は「黒い女」と遭遇し、宿に誘われ、共に一室で一夜を過ごす羽目になる。三四郎は誘惑に乗らずそのまま別れた「女」に、「余つ程度胸のない方ですね」となじられたため、プラットフォームに「弾《はじ》き出された様な心地」で茫然自失し、「しばらくは凝《じ》つと小さくなってゐた」のであり、動き出した汽車の窓から首を出し、「大きな時計ばかりが眼《め》に着《つ》いた」時には、既に彼は幽界の時空に迷い込んでいたのである。

「黒い女」が、街の女に身をやつしたシテの仮の姿である前シテであり、後に現れる後シテの美禰子と同一人である。砲弾に弾《はじ》き出されて死んだのは「黒い女」であり、「弾《ひ》く」物である「ヴァイオリン」も、漱石の小説では「琴」と同じように砲弾の符牒である。

美禰子の正体も旅順の戦場で死んだ兵士の怨霊であるから、その同一人の「黒い女」は、風呂場で帯を解いて「ちいと流しませうか」と言うのである。彼女は「血いと流し、魔性化《ましょうか》」と言っているのであり、その理由は「私は血を大量に流して死に、その無念さによって魔性化した怨霊になった」からである。その後でお礼になると言い、「ちよいと出て参ります」と夜の街に出ていくのは、「御霊になってちょいと出てきます」ということで、「化けて出る」ためである。

三四郎によって宿帳に「同県同郡同村同姓花二十三年」の虚名を記されるこの「女」については「女はやがて帰つて来《き》た。今度は正面が見えた。三四郎の弁当はもう仕舞掛《がけ》である。下を向いて一生懸命に箸《はし》を突っ込んで二口《ふたくち》三口《みくち》頬張つた」「ひよいと眼を挙げて見ると矢張り正面に立つてゐた」と「正面」が重ねられている。それも飛び道具の「矢張《やはり》」りの「正面」である。「仕舞掛《しまいがけ》」の「二口三口」も旅順口の「二〇三〇《れい》」「二百三の霊」の形をしているので、ここも「女」は敵砲列の「正面」に「突っ込んだ」兵士であると言っているようである。小説の最後では、要塞の「正面」に突撃して戦死した兵士を顕彰し、その霊を慰藉するために画が描かれる。この画もなんと、展覧会場の「正面」に掲げられるのである。

▼前場の二十三ページ

三四郎が疾駆する汽車の窓から投げて、「女」の頭に当たるのが弁当箱の蓋《ふた》である。これも「ベトン（弁当）」と読めば、明治期から大正期にかけてベトンはコンクリートのことを指したから、堡塁《ほうるい》を覆うコンクリート製の掩蓋《えんがい》に兵士たちが肉弾で当たると読める。三四郎が前の停車場《ステーション》で買った弁当は加薬ご飯だと想像することもできるのである。そうなると「火薬」を詰めた蓋、つまり「弾丸」が「女」に命中したと読んでもいいと思われるのである。三四郎は「御免なさい」と謝るものの、「凄じい音を立てて行く」汽車の中で、「沈黙」して「眼を眠った」。それは、眼を瞑《つむ》って、凄まじい音で飛来する砲弾を浴びて戦死した兵士たちに許しを乞い、冥福を祈る黙祷《もくとう》のようでもある。そんな三四郎の傍に音もなく近付いてきて、及び腰で声を掛けるのがこの亡霊の「女」である。

「黒い女」との別れ際を乗り合わせた廣田に見られていたため、「何となく極《きま》りが悪《わる》かつた」三四郎は、気を紛らすために、鞄《かばん》に「外《ほか》の二三冊と一所に放り込んで置いた」「ベーコンの二十三頁《ページ》」を開く。「恭《うやうや》しく二十三頁を開いて、万遍《まんべん》なく頁全体を見回してゐた」のは、「二十三頁の前で一応昨夜《ゆふべ》の御浚《おさらひ》をする」ためである。「度胸のない方」という「女」の言葉によって、改めて「二十三年間の弱点が一度に露見した様な心持ち」になり、「何所《どこ》の馬の骨だか分《わか》らないものに、頭の上がらない位打《どや》された様な気がした」のである。三四郎はついには「ベーコンの二十三頁に対しても、甚《はなは》だ申訳がない位に感じ」て、「学問も大学生もあつたものぢやない。甚《はなは》だ人格に関係してくる」とし、「何だか意気地《いくぢ》がない」と思う。

ここでは「二十三頁」「二十三年間」と「二十三」が執拗に繰り返される。「二十三」は「二〇と三」で「二〇三」の「二百三高地」を思わせる。「ベーコンの二十三頁」はベトンの二〇三の兵士《ぺーじ》なのである。森鷗外が『うた日記』（一九〇七年）の「乃木将軍」

で「真鐵《まがね》なす　ベトンに投ぐる　人の肉《しし》」「圖上《づじやう》なる　標《しるし》の高さ　二零三」と歌っているように、「黒い女」たちはコンクリートで固めたベトンの要塞に肉弾突入した犠牲者であるから、三四郎は恭しく二百三高地全体を万遍なく見回し、要塞の正面に突撃した将兵たちに対して甚だ申し訳がないと、「恭しく」「御浚《おさらひ》」に及んだのである。

ここには、こじ開けるのに多大な犠牲を払った「旅順口」の「口」の字が意図的に多く使われている。「口に締りがある」「口を利いているものは誰もいない」「未だ宵の口の様に」、他でも「一口女にどうです」「上がり口で」「御猪口《おちょく》」「車掌の鳴らす口笛」である。

▼到る処には居ない男

三四郎は、廣田に対して「黒い女」とのやりとりを「きまりが悪い」と気にする。それは、廣田の正体が第三軍司令官の乃木希典であるからである。廣田は三四郎に「まだ富士山を見た事がないでせう」と唐突に「富士山」に話題を向ける。「富士山」とは「旅順富士」と呼ばれた「二百三高地」のことであり、「旅順口の激戦の真相を御存知ないでしょう」の意味と解釈することができる。彼は「君、不二山を翻訳して見た事がありますか」「自然を翻訳すると、みんな人間に化《ば》けて仕舞ふから面白い。崇高だとか、偉大だとか、勇壮だとか」とも言う。

乃木には「爾霊山《にれいさん》」と題する漢詩がある。これは、この場所で死んだ次男の勝典を含む日本軍将兵に接するように、「二百三高地」の「富士」を「爾《なんじ》」と呼び掛けて擬人化し、人に「翻訳」したものである。

乃木の漢詩はこうである。

爾霊山嶮豈難攀　　爾霊山　嶮《けん》なれど　豈攀《あによじのぼ》り難《かた》からんや
男子功名期克艱　　男子の功名　克艱《こっかん》を期す
鐵血覆山改山容　　鐵血《てっけつ》山を覆《おほ》ひて　山容を改むる
萬人齋仰爾霊山　　萬人齋《ひとし》く仰ぐ　爾霊山

『虞美人草』の藤尾の音は「富士」に通じ、「美禰子」はこの「爾霊」の字に負うと考えられる。

廣田と別れる時、三四郎は彼を評して「此位《これくらい》の男は到る処に居るものと信じて、別に姓名を尋ね様ともしなかつた」と言っている。大将の位にある乃木はどこにも居るわけではなく、「稀《まれ》」な男である。その姓名「乃木希典《まれすけ》」は「ノ《の》」「木《ぎ》」の「禾」と「希」で「稀」となるからである。

▼三四郎が迷い込んだ世界

三四郎が着いたところは夢幻の時空であり、屍山《しざん》が築かれ血河《けつが》が流れる旅順口の無惨な戦場である。「三四郎は全く驚ろいた。要するに普通の田舎者《いなかもの》が始めて都《みやこ》の真中《まんなか》に立つて驚ろくと同じ程度に、又同じ性質に於て大いに驚ろいて仕舞つた」のである。つまり近代的に周到に構築された旅順の要塞の頑強さに驚いたのである。「次に丸の内で驚いた」。「丸」は「本丸」「二の丸」など、要塞化された城郭のことを言う。したがって丸のうちで驚くというのは「丸の撃《う》ち」で驚くということを指し、ロシア軍要塞の掩蔽《えんぺい》砲台からの砲撃があまりに強烈で驚嘆したと言っているのである。

「何処《どこ》をどう歩《あ》るいても、材木が放り出してある、石が積んである、新しい家が往来から二三間引つ込んで居る」のは、遮蔽物に防御されたロシア軍の鉄壁の堡塁群であり、これが「何処《どこ》迄行つても」続くのである。「凡ての物が破壊されつつあるように」激しい攻城戦の旅順口の中でもとくに苛烈であったのが、後方に「引っ込んでいる」「二三間」の二〇三高地である。

「今迄の学問は此驚ろきを予防する上に於いて、売薬程の効能もなかつた」のであり、そのお陰で「三四郎の自信は此驚ろきと共に四割方減却《がたげんきやく》した」のである。それが「不愉快でたまらない」のである。

さらに「此劇烈な活動そのものが取りも直さず現実世界だとすると、自分が今日迄の生活は現実世界に毫《ごう》も接触してゐない事になる。洞《ほら》が峠で昼寐《ひるね》をしたと同然である」と思う。この「現実世界」の激烈な活動の最たるもので、「学問が予防」するのに「売薬ほどの効能」がなかったものとは、近代兵器による戦場での大量殺戮のことを言うのであろう。

▼大学の建造物群

研究室から出て来た野々宮は大学の建物について、「崖の高い割に、水の落ちた池を一面に見渡して」「一寸《ちょっと》好《い》い景色でせう。あの建物《ビルジング》の角度《アングル》の所丈が少し出てゐる」「君気が付いてゐますか。あの建物は中々旨《なかなかうま》く出来てゐますよ」と三四郎に解説する。

これは「好い景色」などではなく、建物は深く壕を穿《うが》った上に構築されたロシア軍の恐るべき近代要塞の堡塁である。しかも堅固に掩蔽《えんぺい》され、照準調整のできる銃砲だけが少し外に出るよう設置が工夫され「中々旨くに出来ている」のである。

後日、三四郎はこのロシア軍堡塁の防御施設を仔細に偵察してその設計意図を理解する。

法文科教室と博物教室の建物は、「細長い窓の上に、三角に尖《とが》つた屋根が突き出してゐる。その三角の縁《ふち》に当たる赤錬瓦と黒い屋根の按目《つぎめ》の所が細い石の直線で出来てゐる。さうしてその石の色が少し蒼味《あおみ》を帯びて」「さうして此《この》長い窓と、高い三角が横にいくつも続いてゐる」と見たのである。これは、三角の掩いが付いた細長い銃眼が横にいくつも並んでいる坊壁を意味している。「石の直線」と見えたのは、銃眼からのぞいている蒼味がかった死の銃口に違いない。大きな棕櫚《しゅろ》の木が五六本植えられている「本《ぽん》」のある図書館とは、大口径の砲門を備え、砲弾を積み上げた砲塞である。真四角で、窓も四角で入り口と四隅が丸いため、「西洋の御城」の「櫓《やぐら》を片取《かたど》つた」と見えるのは防御力の強い角面堡《かくめんほう》である。

「博物室が法文科と一直線に並んでゐないで、少し奥に引つ込んでゐるのが不規則で妙」であるのは、それらが射撃の死角を無くすために、複数の堡塁《ほうるい》が相互に連係して掩《えん》護《ご》し合うように設計された要塞であるからである。「こんど野々宮君に逢ったら自分の発明として此説を持ち出さう」という三四郎の口を借りた漱石の意図は、「合理的に銃座を配置した近代的要塞のことも知らずに、正面からの突撃を続けさせて将兵を殺した作戦の責任者の無知を糾弾してやる」である。ここを読むだけでも、野々宮の正体が、作戦の責任者の参謀長であることがわかる。

このように構築された堅固な要塞を見て、「学問の府はかうなくつてはならない。かう云ふ構《かまえ》があればこそ研究も出来る。えらいものだ」と三四郎はしきりに感心する。ここで「学問」「研究」が何を指しているかは明らかである。東京の裏に広がる夢幻界の旅順では、「学問」は戦争、「研究」は作戦である。「えらいもの」が平仮名であるのは「偉い」ではなく、「大変な」「難儀な」の「えらいこと」の意味であるからである。

▼「マドンナ」美禰子の出現

　野々宮の研究室から池に通じる坂の上の工科の建物は、西に傾いた日に照らされて「硝子窓《がらすまど》が燃えるように輝いてゐる」のである。それが「西の果《はて》から焼ける火の焰《ほのほ》が、薄赤く吹き出して来て、三四郎の頭の上迄熱《ほて》つてゐるように思はれた」のは、砲兵陣地から三四郎の頭越しに薄赤い炎を吹き上げて、砲弾が間断なく打ち出されているからであろう。その砲火の幻を「半分脊中に受け」た三四郎は、「夕日を半分脊中に受けて入《い》る」森に入って行き、崖の上の高地に現れた美禰子に遭遇するのである。「森も同じ夕日を半分脊中に受けている」という違和感のある修辞は、その直後に森に現れる美禰子の正体を暗に伝えているのであろう。美禰子は脊中半分に火の焰が当たった、つまり弾が当たって戦死した「森の女」であり、汽車によって身体を分断された「女」であるからである。

森に入り池の端でしゃがんでいたワキの三四郎の前にシテの亡霊が現れる。美禰子という「女」の姿の亡霊は高地から、左手の石橋を渡って降りて来る。つまり、シテは冥界から能舞台の「橋懸《はしがか》り」を渡って登場するのである。その足運びは「自分の足が何時の間にか動いた」と「申し合わせたよう」な特徴がある。これは、上体を揺らすことなく滑るように移動する様式化された能の歩行を思わせる。

亡霊が冥界から現れる夢幻能においてシテの美禰子は能面を着けている。

三四郎が面《おもて》の奥の美禰子の二重瞼《まぶた》の黒目に魅入られるのは、椎の木について美禰子が主役シテの助演役であるツレの女の「是《これ》は椎《しい》」に応えて、「『さう。実は生《みな》つてゐないの』と云ひながら、仰向いた顔《かほ》を元に戻《もど》す」瞬間である。ツレは看護婦でまるで白装束を着けているかのようである。美禰子は「其拍子に三四郎を一目《ひとめ》見た」のである。「実は生つてゐないの」は、能舞台に登場した美禰子の第一声で、自分は死者であることを告げるシテの名宣《なのり》である。美禰子は「是は死《しー》」あるいは「是は死意にて候」「実《じつ》は生《いき》っていない」と告げたのである。

この瞬間に美禰子の「黒眼《くろめ》の動く刹那を意識した」三四郎は、「何とも云へぬ或物に出逢つた」のである。「其或物は汽車の女に『あなたは度胸のない方《かた》ですね』と云はれた時の感じと何処《どこ》か似通つてゐる」のであり、後日に松樹の下で美禰子の肩に触れた時にも、三四郎は「汽車で乗り合わした女」を思い出す。汽車の「黒い女」が美禰子自身であるからである。

▼毎回オチのある連載

新聞の連載小説だった『三四郎』は各回にオチがあり、完結された小話を連ねることで物語が成り立っている。毎日の小話はこの夢幻能を進展させ、それらの説明が並べて加えられている余計な逸話があったり脇道にそれたりと、物語の流れと関係がないような低徊話に見える部分もある。それらは裏の真実である「F＋f」の「＋f」の世界について、巧妙な説明を加えることで漱石自身の主張を補っている。

例えば、第十二章の一節は、廣田が説く古代ギリシャの劇場論である。漱石はなぜここで、乃木大将と関係のない話題を唐突に廣田に語らせているのであろうか。話のオチがわからなければ、この章はミステリーとしても認識されず違和感だけが残る。

廣田は希臘《ギリシヤ》の野外劇場について「亜典《アテン》の劇場は一万七千人を容れる席があつた」「尤《もつと》も大きいのは、五万人を容れた」と言う。これは某ドイツ人の話の受け売りということになっている。これらの席数には何の裏付けもないでたらめである。それもそのはず、「希臘亜典の野外劇」とは「希典《まれすけ》の野外劇」、つまり旅順の総攻撃のことであるからである。野外の斜面に階段状に築かれている石造の古代劇場の施設は、旅順口に配された防御の堡塁群を連想させ、これへの総攻撃は、欧米列強の観戦武官たちに向けた格好の見せ物となっていた。

野外の劇場に「収容」されたという「一万七千人」は、十一月二十六日の日没後に出動した白襷隊の夜襲に始まり、その後二百三高地に攻撃目標を転じた第三回旅順総攻撃の惨劇で「収容」された日本軍の死傷者数に近い数である。また、旅順における死傷者の数を合計するなら「五万人」以上を数える。これは「収容」の語の広い意味を使ったオチである。

「亜典《アテン》」には司令官「希典」に加えて、旅順の「一万七千人」の一人である司令官の次男「保典」、南山の戦死者の一人である長男「勝典」の「典」の文字が使われている。

さらに、この「典」は野々宮の「光の圧力」の研究に関する話題で「瑞典《スウエーデン》かどこかの学者」にも使われており、瑞典の学者の研究内容はそのままでは「亜典の劇場」同様、根も葉もない羝徊話である。

▼野々宮の研究装置

第二章三節は、三四郎は上京早々に野々宮の研究室を訪れたときの逸話である。研究室で三四郎は計測器具をのぞき込む。表示される数字について「2が消えた。あとから3が出る。其あとから4が出る。5が出る。とうとう10迄出た。すると度盛《どもり》がまた逆に動きだした。10が消え、9が消え、8から7、7から6と順々に1迄来て留《とま》つた」とある。この数値の動きは、砲兵将校の野々宮による砲身の仰角操作を思わせる。2から3、……10までの動きは、「二、三、一〇」で「爾山霊」である。その後、数字が十から一まで来て一が消えれば、次に「出る」のは零《れい》であるから「次に霊《れい》が出る」の予告になる。実際この直後、三四郎は研究室を出て池に行き、そこに美禰子が姿を現す。本当に「次に」美禰子という霊が出るのである。

第九章二節も、野々宮の怪しげな「十六武蔵」の試験の話である。試験は「――雲母《マイカ》か何かで、十六武蔵《むさし》位の大きさの薄い円盤を作つて、水晶の糸で釣《つ》るして」行う。野々宮はこの糸を「水晶の粉」を焰《ほのお》で溶かして「両方の手で、左右へ引っ張って」作ると言うこの話は、「――」の記号を記した後には何も書かれず、改行されて始まる。この書きぶりは、真面目な科学実験の話を装いながら、内容はこれにかこつけた比喩による諷刺であること伝えている。

雲母の薄い円盤の大きさを「十六武蔵」に例えるのは相当に無理がある。それに「十六武蔵」は丸くもない。それにも拘らず、「十六武蔵」は、第三軍の作戦責任者である野々宮の研究を例えて諷刺するには、うってつけの代物である。

「十六武蔵」は、中央に置いた一個の赤い親石と、四方の十六個の包囲石との攻防による盤上の戦いである。親石が囲まれて動けなくなったら、親石の陥落であり包囲軍の勝利。一定数の包囲石が取られれば親石側の勝ちで、包囲作戦の失敗である。盤上で石を動かして遊ぶボードゲームの「十六武蔵」は、参謀たちが机上の地図に駒を動かして、作戦を練る図上の兵棋《へいぎ》演習、あるいは指揮所演習と呼ばれるシミュレーションに似ている。旅順口では、中央の親石がロシア軍、それを囲む石が日本軍であり、中には「捨て石」になるものもある。野々宮の研究室、つまり作戦室には、まさに「十六武蔵」の作戦の策定盤があるのである。実際の旅順攻囲戦は、包囲軍の石が取られても、次々に新たな石が戦場に補充された点が、「十六武蔵」のルールとは決定的に異なっていた。

「十六武蔵」の盤の下方には便所を指す「雪隠《せっちん》」と呼ばれる三角形の場所がある。ここに親石を追い込めば「雪隠詰め」で包囲軍の勝ちである。ロシア軍は既に「雪隠詰め」にされた状態であったにもかかわらず、日本にとって面倒なことに「十六武蔵」と違い、降参して来なかったのである。

▼七で割れるか

第二章六節は、参謀長の野々宮が旅順口の「十六武蔵」の盤上に追加投入した包囲の石の話である。野々宮は「新しい高等学校の帽子を被った生徒が大分《だいぶ》通る」のを見て、愉快そうに「大分新しいのが来ましたね」と言い、「若い人は活気があつて好《い》い。時に君は幾何《いくつ》ですか」と唐突に三四郎に年を問う。三四郎は「二十三」である。これに対して、野々宮は「それぢや僕より七つ許《ばか》り若い」と言う。

ここの「時に幾歳ですか」の唐突で不自然な問いは、落語の『時そば』の「今何時《なんどき》でぇ」と同じで仕掛けである。会話の途中で突然数字の話が持ち出されるのは、落語と『虞美人草』の山上の二人と同じように、その数字が必要だからである。野々宮の問いは、「七」の数字を出すための仕掛けである。

「大分新しい」生徒たちとは、それまでの旅順攻囲戦でこうむった甚大な損害を補充するために、新たに戦場に動員された師団の兵士たちである。ここで言う高校とは、当時の高校と同じように、ナンバーが付されて各地方に配されていた陸軍の「師団」の意味であり、新たに動員されたのが北海道旭川の第七師団であった。

参謀長の伊地知孝介がモデルの野々宮は次の肉弾強襲作戦に投入出来る新しい戦力、『乃木大将と日本人』を書いたスタンレー・ウォシュバンの言葉を借りるなら「注《そそ》げよ、惜《お》しまずに注げよと要求出来る」若い血が補充されたことを喜んでいるのである。「七年もあると、人間は大抵の事が出来る。然し月日《つきひ》は立《たち》易いものでね。七年位直《じき》ですよ」という野々宮の言葉に、三四郎は「どっちが本当なんだか」わからないと思う。これは「この第七師団があれば、大抵のことは出来る。しかし、月日は立ち易いものでね。第七師団位は直ですよ」と参謀長が言っているのである。「しかし」の後が問題である。月日が「たつ」に「立」の字を当てているから、霊として冥界に「出立《しゅったつ》し易いので」、つまり「兵隊はすぐ死んでしまうものだから」の意味にとることができる。美禰子が「責任をのがれたがる人」と言うように、これは兵士の命を預かる立場にある者として無責任極まりない発言である。そして、要塞の正面に向かって果敢に突撃した第七師団は、実際「直《じき》に」壊滅した。

旅順の激戦の中でもとくに世に知られていた二百三高地の攻防戦で、命を惜しまず、勇敢に戦い、多くの戦死者を出したのがこの第七師団である。

第七師団は、維新後に北海道に移住した各藩の士族の子弟たちが多く、誇り高く剽悍《ひょうかん》で軍命に忠実であった。「二百三の数字を割り切れるのは七」という縁起もあり、切り札として果敢に「高地」に肉薄したものの、数日で師団の七割が死傷した。師団長の大迫尚敏は、純朴で勇敢な兵士たちを桜が嵐に舞い散るように一挙に戦死させてしまった痛恨悲嘆をこう詠んだ。

携《たずさ》へし　花は嵐に誘われて　たもとに残る　家土産《いえずと》もなし

三四郎が宿帳に汽車の「黒い女」の名前を「花」と記すのは、この「女」も花と散った兵士であるからである。

『吾輩ハ猫デアル』には「勘定をして見ると往来を通る婦人の七割弱には恋着するといふ事が諷刺的に書いてあつた」という下りがある。傍点で強調されている「七割弱」

の諷刺しているのが「二〇三を七で割る勘定」あるいは「七割弱の損害」であろう。

▼名前を変えれば貴様のことだ

第六章八節の諷刺は、学生たちの集会で与次郎が盛んに口にする合言葉「ダーターファブラ」である。「若い男がみな暗い夜の中に散つた」時、「ダーターファブラ」の意味について三四郎が問うと、与次郎は「希臘《ギリシヤ》語だ」と答えるものの、「それより外《ほか》」の説明はない。「若い男たちが暗い夜に、桜のように散った」のは、旅順口の松樹山第四砲台への夜襲で散った白襷隊でもある。

実は「ダーターファブラ」はギリシャ語ではなく、ラテン語の「デー・テー・ファーブラ」(de te fabul)」であり、「爾《なんじ》の話」の意味である。これは、古代ローマの詩人のホラティウスの有名な『諷刺詩』の冒頭の語で、演劇や文芸による諷刺で古くから引用されてきた。ホラティウスは「何を笑っているのか。名前を入れ替れば、汝のことが語られている（Quid ides? Mutato nomimie de te Fabula naratur)」、つまり「笑っている場合ではない。それは貴様のことだ」と前置きをして語り始めた。この警句を聞くたびに学生たちが笑い出すのは、それがこの小説の諷刺の内容を思い出させるからである。

狂言回し役の与次郎が「ダーターファブラ」と繰り返して言うのは、小説『三四郎』が諷刺劇であることを読者に知らせるためである。与次郎の「ダーターファブラ」を聞いていた、色白の品の好い学生がフランス語で「悪魔が乗り移つている」と言うことから、名前が変えられているのは悪魔の乗り移った人物とその周辺にいる者たちであることが想像できる。与次郎がラテン語をあえて「希臘語」と言うのは、彼が「偉大なる暗闇」と渾名《あだな》をつけた人物が「希」のつく「希典」であることを暗示する。また、凄惨な旅順口攻防戦以降、ロシア軍兵士は乃木のことを「悪魔が乗り移った将軍」と呼んだとも言われている。

このように「偉大なる暗闇」の廣田先生は、悪魔が乗り移っている乃木大将に置き換わる人物である。

漱石は乃木大将を批判し貶《おとし》めるためにこの「諷刺小説」書いたのだろうか。実はそうではないのである。次にそれを示そう。

▼招魂社の燈明台と偕行社

第四章四節は、日露戦争後の陸軍首脳部に対する批判と怒りの表明である。『三四郎』の執筆当時、ロシアに対する勝利を機に軍部は発言権を急速に増し威張り出した。これを不快に思い国の将来を案じた漱石は、この問題意識を廣田に託し表明している。ここを読むだけでも乃木希典を諷刺はしていても、嫌ったり攻撃したりしているわけではないことがわかる。

廣田は、借家探しの途中で「古い寺」と「青ペンキ塗りの西洋館」を等分に見較べ、「時代錯誤《アナクロニズム》だ。日本の物質界も精神界も此通りだ。君、九段の燈明台を知つてゐるだらう」と言う。「寺」と「青ペンキ塗り」の組み合わせは、「時代錯誤」というより、様式観の欠如や趣味の悪さと言うべきである。廣田がまがい物といえる洋館に言及したのは、「九段の燈明台」を論じるきっかけにするためである。

九段の燈明台は、戊辰戦争の東征軍側の犠牲者を祀る東京招魂社に付属する施設として、明治四年に維新政府が諸藩の負担で建設した「灯台」である。

廣田は「こんなに古い灯台が、まだ残つてゐる傍《そば》に、偕行社と云ふ新式の煉瓦作りが出来た。二つ並べて見ると実に馬鹿げてゐる。けれども誰も気が付かない。平気でゐる。これが日本の社会を代表してゐるんだ」と厳しく批判する。建築様式あるいは文明論として、時代錯誤《アナクロニズム》を慨嘆するように装ってはいるものの、漱石の本意はそこにない。

「偕行社」の建物は、陸軍将校向けの会館で、彼らの娯楽と親睦のために設けられた。廣田が言うように、「派手な赤レンガのゴシック風」で、そこに集う陸軍中枢の高級将校たちは権勢を誇り、特権を当然のように享受した。この偕行社こそ、まさに彼らの横暴ぶりを象徴するもので、東京招魂社に隣接していた。

▼偕行社と招魂社の燈明台

招魂社の敷地にある「燈明台」は東京湾を航行する船のための高燈台であった。そもそも招魂社の役割は、東征軍の戦死者たちの霊魂を招く標《しるべ》であったにもかかわらず、明治天皇の命名により靖国神社と改称され、国のために戦死した軍人らを祀る神社となった。燈明台は彼らの魂魄《こんぱく》を招き導く燈火だった。

無数の兵をその命令で殺した戦争から帰還してきた高級将校たちのために、派手な洋館が建てられたのである。兵士たちの犠牲と増長した将校たちの特権意識の対照が実に如実で馬鹿げているのである。

廣田の言葉「誰も気が付かない、平気でいる」は、汽車の中で息子を戦争で亡くした「田舎者」の爺さんの吐く戦争についての言葉「こんな馬鹿気《ばかげ》たものはない」に同調している。

赤錬瓦と燈明台の対比からは、凱旋でまつり上げられ、戦勝の美酒に酔いしれ、手柄話にほらを吹き、叙勲や爵位の授与の栄達栄誉獲得に血道を上げる軍人たちと、日英同盟を通じて一等国への仲間入りを果たすという幻想に凝り固まった政府、薄氷の勝利に浮かれて神州不敗の誇大妄想に陥りつつある国民のそれぞれに対して旅順の惨劇、作戦の失敗、戦争を始めた軍人の責任を忘れるなという、日露戦争に対する漱石の憤りが伝わってくるようである。汽車の中で「日本は亡びるね」と言い切る廣田の言葉にもそれが表れている。

▼乃木家の老馬

廣田たちが飼っていたという「三頭の馬」の逸話には、売り飛ばされた白馬が「ナポレオン三世時代の老馬」とある。確かに、ナポレオン三世から、アラビア馬が日本に贈られたことはあるものの、それは幕末のことである。

アラビア馬と言うなら、『三四郎』の執筆当時、乃木将軍がロシアの旅順軍総司令官ステッセルから贈られた白馬のことが話題になっていた。ステッセルの「ス」を取って「寿《す》号」と名付けられた馬はその後、日本の軍馬や競走馬の改良に貢献した。『趣味の遺伝』の凱旋の式典で、乃木将軍がまたがっていたのは「寿号」である。

「老馬《ろうば》」は「老婆《ろうば》」「老母《ろうぼ》」に掛けてあり、「寿号」が老馬であったわけではない。一八七〇（明治三）年に退位したナポレオン三世と同時代人で「老婆」だったのは、乃木の「老母」の「寿」である。「寿」が「老婆」でもあり「老馬」でもあるというオチである。

乃木邸には母屋より立派だと言われた厩舎があった。そこで飼われていたのは、「寿号」の他「雷号《いかずち》」「轟号《とどろき》」の名馬である。したがって「大学で馬を飼う」というこの諷刺だけでも、廣田とは乃木と特定できる。

▼田舎者の政権諷刺

『三四郎』には、「マドンナ」の夢幻能という本筋の展開とは直接関係がないような政府と軍部に対する諷刺がある。それは田舎の国元から届く母親の手紙に書かれている。ここで言う「田舎」とは「田舎者」が牛耳っている明治政府のことである。そもそも「マドンナ」の亡霊が出たのは、田舎者から成る政治と軍隊による国民への仕打ちに対する怨念からである。

第四章七節の母からの手紙は、日露戦争で汚く荒稼ぎをした政商を罵倒している。「裏の椎《しい》の木に蜜蜂が二、三百疋ぶら下がつてゐたのを見つけてすぐ籾漏斗《もみじょうご》に酒を吹きかけて、悉く《ことごと》生捕《いけどり》にした」結果、新蔵の蜂の箱が増えたとあるのは、武器弾薬や軍の糧秣《りょうまつ》、備品を納入する政商が、政府と軍の幹部に酒を振る舞って供応し、「椎」の「実」は生っていないと言う美禰子たちを犠牲にして暴利を得たことを言う。酒を吹きかけて蜂を生け捕るのが得意な新蔵とは、山県有朋と密接に繋がっていた死の商人で、戊辰戦争、西南戦争、日露戦争の特需で蓄財してのし上がった大倉喜八郎である。六、七箱に増やした椎の蜂の巣は、喜八郎が手を広げた事業と、その手で握った利権のことであろう。「蜂」は「喜八郎」の「八」であり、新参の成金「大倉」で「新蔵《くら》」なのだろう。二、三百匹ぶら下がっていたのを酒を吹きかけて残らず生捕りにしたのは、「椎《しい》の商人」が「二〇三高地」の「二百三の利権にぶらさがった」ことを意味する。

大倉喜八郎については、『それから』の平岡が陸軍に生きたまま納めた食料の牛を夜のうちに盗み出して翌朝再納入することを日清戦争で繰り返したこの男の詐欺行為を暴露している。

この母からの手紙には「平太郎が親爺《おやぢ》の石塔を建てたから見に来て呉《く》れろと頼みにきた」「平太郎は其《その》御影石が自慢なのだ」ともある。平太郎の「親爺《おやじ》」は父親の「親父」

の意味ではない。「爺」の字が使われていることから、この石塔のことは何の話かは見当がつく。「親爺」は藩閥の長老である「田舎者」を思い出させる。平太郎は当時の総理大臣、長州萩の生まれの桂太郎、『坊っちゃん』の校長「たぬき」のことであるから、平太郎が仕える「親爺」とは、長州閥の長老山県有朋、『坊っちゃん』の教頭「赤シャツ」である。

「親爺」の力で総理になった桂が建てた石塔は、「木も草も生えてゐない庭の赤土の真中《まんなか》」にある。この建立計画は相当前に山県から「切り出」されていたものであり、『三四郎』執筆の明治四十一年当時に、吉田松陰没後五十年を記念して長州閥が世田谷の若林の松陰神社に奉納した石灯籠群のことを指す。

第十一章四節の母からの手紙では、「大工の角三《かくぞう》が山で賭博《ばくち》を打つて九十八円取られた」とある。「山を廻《めぐ》つてあるいてる間に」いつのまにか取られたことが伝えられている。山中で人をだますのは狐や狸のたぐいであり、山に九十八円の大金を持って行くのは尋常ではない。それもそのはず。これは藩閥政府の金をめぐる不祥事のことである。

山を巡る金とは、山県有朋を回る金であり、山県と関係の深かった山城屋が公金を使い込んだ事件の諷刺である。事件は明治五年に発覚した。その結果、「山」をめぐって国家歳入の一パーセントが消えたのである。癒着していた陸軍に見捨てられた山城屋和助は長州の医者の息子野村三千三《みちぞう》である。漱石は、「和《わ》助」は「輪《わ》」に繋がるから、「丸を四角」にして、本名の「三千三」の「三」を付けて「角三」、職業は「角三」に音の似ている「角材」を扱う大工にしている。

『坊っちゃん』では、栗を盗みに来た「山城屋」の悴《せがれ》が袖の下に頭がはまって首が回らず、真っ逆さまに落下して「ぐう」の音を出す。「悴」の字は、身分が足軽の以下の奇兵隊の「小卒」であった山城屋和助の素性を示している。この奇兵隊の頭《かしら》が有朋である。山城屋は、「坊っちゃん」が赴任先で最初に逗留《とうりゅう》する宿名でもある。

「田舎《いなか》でも斯《か》うだから、東京にゐる御前なぞは、本当によく気を付けなくては不可《いけ》ない」という国元の母の心配は、東京の「田舎者」の行状《ぎょうじょう》を笑い飛ばす大いなる皮肉である。

このような諷刺は、ひそかに読者の溜飲を下げ喝采を受けたことであろう。山形有朋は当時、軍部と警察を支配する黒幕であり、影の独裁者と言われるほどの危険な権力者であった。山県を嘲笑しかつ諷刺する連載を続ける漱石や編集者の池辺三山の勇気と覚悟は極めて大きかったと言える。

第六章　承前『三四郎』ストレイシープの謎掛け

『三四郎』において漱石の掛けた謎の続きを見ていくことにしよう。

▼轢死したマドンナ

第三章十節は、汽車に轢《ひ》かれた「女」を目撃する話である。「女」について「汽車は右の肩から乳《ち》の下《した》を腰《こし》の上迄美事《みごと》に引き千切《ちぎ》つて、斜掛《はすかけ》の胴を置き去りにして行つた」とある。この無惨な逸話は、美禰子がシテであるこの能楽と一見無関係に見えるかもしれないが、そうではない。三四郎が見たこの礫死体《れきしたい》は、美禰子のものだけでなく、野々宮の妹のよし子のものであり、『虞美人草』の藤尾のものでもある。汽車は大砲の砲弾であるからである。轢死体を見た夜の三四郎の夢は「今夜《こんや》轢死のあつた時刻に妹も死んで仕舞つた。さうして其妹は即ち三四郎が池の端《はた》で逢つた女である。……」と語られている。

汽車で死んだ「女」が、砲弾で殺された美禰子たちであることを暗示するのに、三四郎の妄想の最中に汽車が轟音を立てて通過するという、映像に音声を重ねる巧妙な手法が用いられている。

「野々宮君の妹の事が急に心配になつて来た。危篤な様な気がする。野々宮君の駆け付け方が遅い様な気がする。さうして妹が此間見た女の様な気がして堪らない。三四郎はもう一遍《いっぺん》、女の顔付と眼付と、服装とを、あの時の儘《まま》に、繰り返して、それを病院の寝台の上に乗せて、其傍に野々宮君を立たして、二三の会話をさせたが、兄では物足らないので、何時《いつ》の間《ま》にか、自分が代理になって、色々親切に介抱してゐた。所へ汽車が轟と鳴つて孟宗藪のすぐ下を通つた」のである。つまり、轟音を立てて通過する汽車が、池畔で先ほど見た女と病院のベッドにいる野々宮の妹とに結び付けられているのである。

▼大砲の引っ越し

第四章十三節は引っ越しの逸話である。荷車の到着する場面にも爆走する汽車が暗示されている。美禰子が白い雲の飛んでくる空を眺めていると、「所へ遠くから荷車の音が聞こえる。今静かな横町を曲つて、此方《こっち》に近付いて来るのが地響《ぢひゞき》でよく分かる。三四郎は『来た』と云つた。美禰子は『早いのね』と云つた儘凝《ままじつ》としてゐる。車の音の動くのが、白い雲の動くのに関係でもある様に耳を澄《すま》してゐる。車は落ち着いた秋の中を容赦なく近付いて来る」とある。

ここも「白い雲」の動く世界に住む美禰子が地響きのする車輪で死んだ「女」であることを伝えている。そして、遠くから地響きを立てて、非人間的に容赦なく近付いてくる荷車《かしゃ》は鋼鉄製の汽車《きしゃ》である。人が引く荷車《にぐるま》には、「容赦なく近付いて」とか「地響き」などの表現はそぐわない。そもそも荷車の音など「遠くから」聞こえるものではない。この荷車は、「女」が轢死した場面で「遠くから響いて来た」という「砲弾」を意味する汽車のことである。

また三四郎が耳にする轢死した「女」の最期の言葉については、「遠い所で誰か、『ああああ、もう少しの間だ』」「遠いのでしつかりとはわからなかった」と書かれている。女が礫死したのは、崖下の線路をしばらく行った先であるから、三四郎が室内にいてこの言葉を「遠くに」聞くことはきないはずである。この声にしろ荷車の響きにしろ、それが聞こえるのはこれが夢幻の事象だからである。

▼顔に当たる光線

前場《まえば》の東京に向かう汽車で、駅夫が「上から灯《ひ》の付いた洋燈《らんぷ》を挿し込んで行く」と、周囲は明るくなる。この時、正面に立った「黒い女」の額に三四郎が汽車の窓から抛《な》げた弁当箱の蓋《ふた》が当たるのである。「灯の付いた洋燈を挿し込んで」とは、闇夜に「探照灯を挿し込んで」のことであり、闇に紛れた夜襲に斬り込む白襷隊の兵士たちが突然に探照灯に捕捉され、砲弾に狙い撃ちされて全滅した絶望的な戦場のことを語っていると考えられる。

自分の「等身《ライフサイズ》」の画が完成することによって、シテの美禰子は戦死した兵士の姿に戻って冥界へ去ることができるのであり、最後の十三章は、その後日談である。展覧会で披露された「女」の画に対して、美禰子の夫とされる人物が「光線が顔に当たる具合が旨い。陰と日向の段落が確然《かっきり》して」と言う。「確然」闇の中で標的として美禰子らを照らし出したのはロシア軍の探照灯である。したがって画は美禰子という亡霊が生まれた現場、それは兵士が斃《たお》れて霊魂になった瞬間のことであるから、闇夜の要塞強襲で、決死隊が探照灯で照らし出されて「確然」とした標的になり全滅した戦闘を描いたものであろう。

引っ越しの掃除では「美禰子がハタキと箒を持つて二階へ上《のぼ》つた」「女は暗い所に立つてゐる。前垂だけが真白だ」とある。真っ暗な「梯子段」を上った美禰子の締めた「前垂《まえだれ》」だけが、夜襲の決死隊の白襷《しろだすき》のように闇の中に「確然」とするのである。白い割烹着《かっぽうき》は背中で襷掛けをするので、真白い前垂は夜襲で要塞によじ登った兵士の「白襷」を思わせる。「前垂」は「前掛《まえかけ》」であるから、真っ先に突進した「前駆《まえがけ》」の兵士である美禰子を意味するのかもしれない。「奇麗な手が二の腕迄出た。担《かつ》いだ袂《たもと》の端からは美しい襦袢の袖が見える」とあるので、このときの美禰子は、袖を襷掛《たすきがけ》でくった身支度をしていたことがわかる。

そして、「漸くの事で戸を一枚明《あ》けると、強い日がまともに射《さ》し込んだ。眩《まぼ》しい位である。二人は顔を見合わせて思はず笑ひ出した」「窓には竹の格子が付いてゐる。家主の庭が見える。鶏《にはとり》を飼つてゐる。美禰子は例の如く掃《は》き出した。三四郎は四つ這《ばい》になつて、後《あと》から拭き出した」のである。

暗闇に急に強い光がまともに「射し込んで」くるのは、探照灯に夜襲の切込隊が突然照らし出された状況である。『虞美人草』では「左右から重なる金の閃《きらめ》く中に織り出した半月《はんげつ》の数は分からず」などと表現された「イルミネーション」も探照灯を思わせる。

急に闇から浮かび上がった切羽詰まった驚きの状況に、美禰子たちは顔を見合わせて笑うしかない。しかも、要塞の銃眼には備え付けの機関銃がのぞいており、「竹の格子」については、杖を引いて竹垣の側面を走らす時の音が機関銃の掃射を想起させる。「掃き出した」「拭き出した」と韻が踏まれている。美禰子は「例のごとく」銃を「掃」「射」し始めて、ほふく前進したところ、血を噴き出したのであろう。「白襷」を美禰子らの兵士に着けさせて、夜影に乗じた切り込みを命じた参謀長の野々宮が、こともあろうに「弧光燈《アーク》」を使って光の研究をしているという設定は極めて辛辣な皮肉である。

▼浮揚し透き通る霊

漱石は、あの手この手で美禰子が亡霊であることを読者に知らせようとしている。第八章九節の冒頭は「美禰子も三四郎も等しく顔を向け直した」である。この文の自筆原稿には、筆者自身による「一字下ゲニセズ」との指示がある。ここは、丹青会の展覧会で、美禰子が原口に「里見さん」と呼ばれて振り返る瞬間である。

振り返った美禰子はそこに野々宮を「見るや否や、二三歩後戻りをして」「自分の口を三四郎の耳に近寄せた」と書かれている。

日本語の文章では、段落の冒頭などで改行したら「一文字空けて」書き始める。『三四郎』でも漱石の他の作品でも例外なく、どこも「一字下げ」になっているから、この指示は極めて異例である。この謎掛けはいくら考えてみても解けない。岩波書店の漱石全集は、指示通りに「一字下げ」て、この奇妙な指示を註に記している。しかし、この指示をした漱石の意図についての説明はない。文庫などを含めた多くの『三四郎』は普通に「一字下げ」にしている。

　漱石がこの尋常でない指示をしたのは、幽霊の超常的な霊力を示すためだと考えてはどうだろう。比較的背の低い美禰子が、そのままでは長身の三四郎の耳に自分の口を寄せることはできない。そのため漱石は「一字下ゲニセズ」と指示して、「美禰子」を一字の分だけ浮遊させることにより耳打ちを可能にさせたのである。つまり、これは美禰子が宙に浮くことができる、あるいは、首を延ばすことができる幽霊であることを伝える機知に富む仕掛けを漱石が施したとみるべきではないのか。

　その直後に「三四郎は脊《せい》の高い男である。上から美禰子を見下《みおろ》した」と書かれている。したがって、耳打ちをした後、美禰子はすぐ元の状態に戻ったのである。美禰子はこの前にも三四郎の耳の傍に口を持っていく。この時は三四郎が靴の紐を結んでいたから、美禰子は宙に浮く必要はなかったのである。

　展覧会の戸口を出る拍子に三四郎と美禰子の肩が触れる。下駄も草履も履いていなかったから、これも背の高さが違う二人の間では普通は起こり得ない。さらに展覧会の会場を出た二人は、木の下で雨宿りをする。雨は段々濃くなってきたため、再び「肩と肩と擦《す》れ合ふ位にして立ち竦《すく》んでゐた」のである。ここでも二人の身長差は幽霊的に解消されたのであろう。そして、このときも三四郎は汽車の「黒い女」を思い出す。それは、この「女」とも宿りを共にしたからである。

▼シテは面を着ける

ヒロインであるにもかかわらず、美禰子の顔の造作と表情については具体的な描写がほとんどない。それは、シテの美禰子は若女《わかおんな》のような能の面《おもて》を着けているため、その表情の変化について書きようがないのである。「女」の面には濃い眉があり、面自体は二重瞼《まぶた》ではないものの、切れ長の目を穿《うが》った面の下には役者の瞼があるという意味で、瞼は「二重」になる。「細い手を濃い眉の上に加へて」とか「二重瞼《ふたえまぶち》の切《きれ》長の落ち着いた恰好である。目立《めだつ》つて黒い眉毛の下に活《いき》きてゐる。同時に奇麗な歯があらはれた。此歯と此顔色とは三四郎に取つて忘るべからざる対照であつた」の説明もある。与次郎が「あの女は反《そ》つ歯《ぱ》の気味だから、ああ始終歯が出る」と言うのは、三四郎を最も驚かせた「光る」歯並びである。小面《こおもて》や若女など能面には、半開きの口に歯がよく見えるのは確かであり、美禰子のシテらしい「きりりとして」「鷹揚」な声は、「白い歯のあいだから出た」と書かれている。

美禰子の肌艶についての「白いものを薄く塗つてゐる。けれども本来の地を隠す程に無趣味ではなかつた。濃《こま》やかな肉が、程よく色づいて、強い日光《ひ》に負《め》げない様に見える上を、極めて薄く粉が吹いてゐる」の記述は、「女」の能面の表面に施された塗りのことであり、「肉は頬と云はず顎と云はずきちりと締つてゐる。骨の上に余つたものは沢山ない位である。それでゐて、顔全体が柔かい、肉が柔らかいのではない、骨そのものが柔らかい様に思はれる」というのも面の肉であり骨である柔らかい木の素材のことを言っていると考えられる。

池畔で美禰子に付き従っていた「女」の額には皺《しわ》がある。これは「姥」の面をつけたシテに随伴するシテヅレであろう。この「女」は、『虞美人草』で「神楽《かぐら》の面《めん》には二十通り程ある。神楽の面を発明したのは謎《なぞ》の女である」と書かれている藤尾と一身同体の「謎の女」母親のようでもある。

▼美禰子の立ち居振る舞い

能面を着けた亡霊のシテである美禰子の正体が陸軍の兵士、あるいは士官であることは美禰子の動作を見ればわかる。

それは陸軍特有のお辞儀と敬礼である。参謀長の野々宮は「頭と背中を一直線に前の方に伸ばして」陸軍特有のお辞儀をする。美禰子も同じように「腰から上を例の通り前へ浮かし」「顔は決して下げない」お辞儀をする。このことから、生前、彼女が軍人であったことがわかる。

「礼の仕方《しかた》の巧みなのに驚いた。腰から上が、風に乗る紙の様にふわりと前に落ちた。しかも早い。それで、ある角度迄来て苦もなく確然《はつきり》と留《とま》つた」は、陸軍士官がきびきびと腰で角度をつけて素早く行うプロイセン式のお辞儀の仕方を具体的に説明している。

団子坂の菊人形展の場面の描写は、次のように奇妙である。

「坂は曲《まが》ってゐる。刀の切先《きつさき》の様である。幅は無論狭い。右側の二階建《だて》が左手の高い小屋の前を半分遮つてゐる。その後《うしろ》には又高い幟《のぼり》が何本となく立ててある。人は急に谷底へ落ち込む様に思はれる。其落ち込むものが、這ひ上がるものと入り乱れて、路《みち》一杯に塞《ふさ》がつてゐるから、谷の底にあたる所は幅をつくして異様に動く」。

菊人形は普通地面に置いてあるから、小屋に「高い二階」は必要ない。千駄木の団子坂には人が急に落ち込むような険しい傾斜もない。したがって、ここの描写も、旅順要塞下の斜面に団子状態の集団で殺到した日本軍兵士が、次々に掃射されて犠牲になっている戦況に重ねられていると考えていい。往来の「幅」が「狭い」のは、その通路が堡塁に接近するために工兵が掘削した攻撃用の坑道や塹壕であるからであろう。

激戦の「団子坂」に向かったのは廣田、野々宮、美禰子、それによし子である。よし子は曲り角で後方にいる三四郎を振り返る。その時「美禰子は額に手を翳《かざ》してゐる」とある。眩しくて手を翳す状況とも書いてないので、美禰子の手が「額にある」ことに何か特別な意味がありそうである。

人が激しく入れ乱れる修羅場に赴く前の美禰子が額に手を翳す動作をしたのであれば、その手の動きは挙手の敬礼であろう。これは、生還が難しい旅順の要塞に突撃する兵士の最後の挨拶と解釈できる。

「女」の姿の美禰子が消えて行く会堂前の「分かれ」の場面でも、美禰子は「細い手を濃い眉の上に加へて」いた。ここでも彼女は軍人らしく、三四郎に再び「別れの敬礼」をしていたのである。そして従容《しょうよう》と冥界に赴いたのである。

▼ヘリオトロープ

池の上の高地に現れ、沈む夕日に顔を向けて団扇《うちわ》をかざす美禰子には、西洋の香水「ヘリオトロープ」が匂う。会堂の前で消えていくときも、美禰子は「鋭い香《かほり》がぷんとする」白い手帛《ハンケチ》を差し出して三四郎にかがせ、静かに「ヘリオトロープ」と言う。その後、漱石は「ヘリオトロープの罎《びん》。四丁目の夕暮《ゆふぐれ》。迷羊《ストレイシープ》。迷羊《ストレイシープ》。空《そら》には高《たか》い日が明《あき》らかに懸《か》る」と続ける。「ヘリオトロープ」は太陽に向かって咲く向日草である。

美禰子を訪ねるために三四郎が出向いた里見の屋敷の応接室には「正面に壁《かべ》を切り抜いた小さな暖炉」があり、その上は鏡になっていて前には「蠟燭立《ろうそくたて》」が二本ある。三四郎は、左右の「蠟燭立て」の間にある鏡に自分の顔を映し、「妙に西洋の臭ひがする。

それから加徒力《カゾリック》の連想がある」と思う。

カトリックを連想させる西洋の臭いであるなら、それは香水であろう。礼拝堂で司祭が紐で下げた香炉を左右に振ったり、天井から吊るされた大きな香炉を揺らしたりして信者に香を振る舞うのがカトリックのミサである。長い苦難の旅路を汗と埃にまみれて辿って来た巡礼たちをねぎらう香もある。

里見家の応接間の鏡の前にある蠟燭立ては、「金《きん》で細工《さいく》をした妙な形の台である」。ところがである。「これを蠟燭立と見たのは三四郎の臆断《おくだん》で、じつはなんだかわからない」と漱石は書いている。西洋の匂いのする状況から考えると、此不可思議の蠟燭立に見えたものは、最高級の西洋香水を入れた二つの洒落《しゃれ》た瓶であろう。香水のヘリオトロープを、唐物屋で美禰子とよし子に買わせたのは他ならぬ三四郎自身である。瓶が二つあるのは、よし子もここに住んでいるためである。

ヘリオトロープは、『三四郎』の前年に発表した『虞美人草』でも香っている。二年前発表の『趣味の遺伝』でも戦死者の墓に参る「若い女」にも匂っている。なぜ、どの小説も「マドンナ」にはヘリオトロープの香水が匂うのであろう。このミステリーも日露戦争の「犠牲者」という鍵を使えば瞬く間に解決される。

二人の息子を戦死させた乃木家には三つの棺《ひつぎ》と三つ香水の逸話がある。親子三人の出征に当たり、希典は「生還を期さず」として三つの棺を用意させ、夫人の静子は、二人の息子に九円の香水を、夫には八円の舶来の香水を持たせたと伝えられる。最高級のものが三つ入手できなかったため、司令官に用意したものだけが八円になったのである。これらの香水は、戦死した屍体の異臭に対処する配慮であり、棺同様に出陣する三人に死を覚悟させるものであった。長男の勝典は、自分の死が近いことを戦場から伝えるのに何日も風呂に入っていないと母へ手紙に書いたと伝えられる。つまり、香水を使うべき時が来たのである。

香水の瓶が置かれている、里見家の暖炉は「壁を切り抜いた」ものである。正面の「壁を切り抜」くのは要塞の壁に正面から切り込んだ兵士たちを暗示し、美禰子が「鏡《かゞみ》を脊《せ》に、三四郎の正面に腰を卸し」、「鏡」に映って現れ出たのは、明治天皇が明治三十八年五月二日に詠んだ次の御製《ぎょせい》を知ってのことであろう。招魂社のご神体は鏡であり、ここに映った英霊は神になる。

国のため　いのちをすてし　もののふの　魂《たま》や鏡に　いまうつるらむ

▼庭に一本棗の木

野々宮の下宿は藁葺きであり、野々宮はわざわざ三四郎を庭に連れ出し、「一寸《ちよつと》見給へ藁葺《わらぶき》だ」と見せる。

三四郎は、部屋の中についている「電灯を見るや否や藁葺を思ひ出した。さうして可《お》笑《か》しくなつた」とある。探照灯で決死隊が照らし出された旅順口の戦場には有名になった藁葺の一軒があった。それは、乃木司令官がロシア軍司令官アナトリー・ステッセルと休戦を交渉した旅順郊外の水師営にあった藁葺農家である。

よし子が写生しているのも「藁葺屋根」である。彼女は藁葺き屋根に画筆で影をつけようとして失敗し、筆の使い方が慣れないためか、黒いものが勝手に浮き出し、「折角赤く出来た柿が、蔭干《かげぼし》の渋柿の様な色になつた」のである。そして、この失敗した絵には「二三本太《ふと》い棒」が引かれる。

よし子の絵は、佐々木信綱と岡野貞一によって唱歌になった『水師営の会見』を思い出させる。歌詞はこうである。

一　旅順開城　約成りて　敵の将軍　ステッセル
　乃木大将と　会見の　所は何処《いずこ》　水師営

二　庭に一本《ひともと》　棗《なつめ》の木　弾丸痕《あと》も著《いちじる》く
　崩れ残れる民屋《みんおく》に　今ぞ相見る　二将軍

黒いものが浮き出して駄目になった屋根とは、「崩れ残れる民屋」であり、「陰干しの渋柿の様な色」の柿とは棗のことであろう。つまり「庭に一本棗の木」である。「二三本太い線」ではなく、「二三本太い棒」であるのは、「太い棒」は「丸太《まるた》」であるからである。つまり、「二〇《まる》三」高地である。

『三四郎』の前作の『坑夫』でも、崩れかった「藁屋根」の民家で交渉が行われる。「御《お》互《たがひ》の間《あひだ》には貸《かし》や借《かり》があるらしい。何《なん》でも馬《うま》の事《こと》をしきりに云《い》つていた」とある。馬とはステッセルから贈られた白馬の「寿号」のことであろう。そこには「兵隊はああでなくつちや不可《いけ》ない抔《など》と考る事さへある」とほのめかされている。民家の屋根は「其藁《そのわら》が古くなって、雨に腐《ふ》やけた所為《せい》か、崩れかかって漠然としてゐる」と書かれている。

まさにこれが、よし子が「水彩画」に描いたものである。「水師営」の「崩れ残れる民屋」の「黒いもの」が「浮き出して」輪郭が曖昧になった「藁葺」の下で成立した貸し借りの清算である。

▼廣田の抱く柱と夢

三四郎が美禰子に誘われて行く演芸会では、ハムレットのせりふ「尼寺へ行け」が強調されている。

『虞美人草』では甲野欽吾がハムレットの役回りであり、『坊っちゃん』の主人公も父の仇を討つハムレットでもある。『三四郎』では廣田が「ハムレットは一人《ひとり》しか居ないかも知れないが、あれに似た人は沢山ゐる」と、自分の身の上らしきことをほのめかす。廣田も生きるべきか死ぬべきかを真剣に考えて煩悶《はんもん》したという意味ではハムレットと言える。

廣田について三四郎が「どんな柱を抱いているだろう」と突然考え始める場面がある。このように廣田が抱く「柱」が何の説明もなく出てくる。「柱」とは、シテの亡霊が舞うときに目印にする「シテ柱」であるかもしれない。乃木大将が抱く柱なら、彼が死なせた兵士たちの英霊であろう。戦死者たちの魂魄は招魂社に祀られて神となり、「柱」の数に入れられる。したがって、廣田の抱かなければならないのは、国のために犠牲の礎となった将兵の英霊であるかもしれないのである。

米国人記者ウォシュバンは、『Ｎｏｇｉ（乃木）』（目黒真澄訳『乃木大将と日本人』）で「乃木は部下の師団、旅団、連隊が、露軍の砲火を浴びて、さながら日光の下に消える靄《もや》のように消え行くのを見守った」と書きながらも、「この作戦は将軍みずからの計画ではない。将軍はただその責任を負うたのだ」と弁護している。日に照らされて消える兵士たちであるから、向日草のヘリオトロープが匂うのかもしれない。

　これまで見てきた通り、明治政府の進める欧米追随の文明開化を批判し、政界と軍部を支配する山県有朋を諷刺によって鋭く断罪し、富国強兵が将来の日本に及ぼす禍根を明らかにするのが能楽仕立ての戯作《げさく》『三四郎』である。『三四郎』には、山県に楯突いて行動を起こした壮士たちについても触れられている。それは、廣田が二十年前に逢い、夢で再会したという「顔に黒子《ほくろ》がある」「十二、三の奇麗な女」である。廣田は森有礼の葬列にいた「女」だと言う。話は夢であるから支離滅裂で矛盾だらけである。

「憲法発布は明治二十二年だつたね。其時《そのとき》森文部大臣が殺された」「僕は高等学校の生徒であつた。大臣の葬式に参列するのだと云つて、大勢鉄砲を担《かつ》いで出た。墓地へ行くのだと思つたら、さうではない。体操の教師が竹橋内《たけばしうち》に引張つて行って、路傍《みちばた》へ整列さした」「名は送るのだけれども、実は見物したのも同然だつた」「やがて行列が来た。なんでも長いものだつた。寒い眼の前を静かな馬車や俥《くるま》が何台となく通る。其中《そのなか》に今話した小さな娘がゐた」「丸で忘れてゐた、けれども其当時は頭の中へ焼き付けられた様に熱い印象を持つてゐた。——妙なものだ」がその夢である。

憲法発布と森有礼《ありのり》暗殺は、確かに明治二十二年の出来事である。当時の学制では高等中学校はあっても、まだ高等学校はない。それに、高等中学校や高等学校の生徒が鉄砲を担いで、葬列を送りに行くこともない。そもそも森有礼の葬列は「竹橋内」を通っていない。

とはいえ、乃木希典の部下たちが竹橋内に鉄砲を担いで出動し、路傍に整列したことはあった。それは明治二十二年ではなく、明治十一年の陸軍の反乱「竹橋事件」に際してである。竹橋内の近衛砲兵隊が西南戦争の論功行賞とその後の待遇を不満として蜂起し、大蔵卿の大隈重信の公邸に鉄砲を撃ち込み、天皇に直訴しようとしたのである。事前に情報が漏れ、他の部隊との連携にも失敗して、反乱は即日鎮圧され、反乱部隊の五十余人が銃殺、百十八人が流刑に処せられ、獄死した者も少なくなかった。

廣田が「頭の中へ焼き付けられた様に熱い印象」を持ったのは、銃殺による処刑を「見物」させられからであり、「寒い目の前」とは、処刑された兵士の死体が大八車で菰《こも》をかぶせられ、次々に運ばれる光景を目にしたことを指すのかもしれない。死者の車列に「小さな娘」がいたのであれば、この娘も処刑されて死んだ兵士たちの魂魄の幽霊であろう。反乱の意思も計画への関与の度合いも斟酌《しんしゃく》されずに、多くの兵士が直ちに銃殺されたのは、反乱の連鎖を恐れた陸軍首脳部が事件を闇に葬る必要があったからである。

竹橋事件を夢として語る廣田、つまり乃木は、山県の命により事件を扱う陸軍裁判の主座に任命され、反乱兵士たちを裁く重責を負わされた。乃木は自分が苦杯をなめた西南戦争の激戦を共に耐え、やっと生還したばかりの兵士たちを無惨に殺さなければならない苦しい立場に置かれたのである。

刑が執行された風雨の激しい当日、乃木は次の詩を日記に書いた。

天如意有自悲傷　　天意有るが如く自ら悲傷し
暗雨凄風欲断魂　　暗雨凄風魂を断たんと欲す
五十三干城壮士　　五十三干城の壮士
空得反罪上刑場　　空しく反罪を得て刑場に上る

「十二三の奇麗な女」は「此顔の年、此服装《なり》の月、此の髪日が一番好きだから、かうして居る」と言い、「それは何時《いつ》の事か」と聞くと、「二十年前、あなたに御目にかかつた時だ」と答える。それは、三十年前に「壮士」が軍法会議で乃木に裁かれた時のことを言っているようである。それとも二十年前の憲法発布の特赦によって、彼らの墓碑を設けることが許されたとき、乃木が慰霊をした時のことを言うのかもしれない。いずれにしても、若くして人生を奪われた兵士たちの姿は当時のままであり、年を取ることがない。

天皇に直訴しようと蜂起した兵士たちの「服装《ふくそう》」は、伏して天皇に奏上する「伏奏《ふくそう》」であろう。「女」は廣田に「大変年を御取りなすった」「あなたは、其時よりも、もつと美《うつ》くしい方《ほう》へ方《ほう》へと御移りなさりたがるからだ」と言う。つまり、乃木は西南戦争で連隊の軍旗を奪われて山県に激しく叱責されていて、その恥辱をそそぐためその時点で自死していれば、亡霊の「女」同様、年は取ることもなく、出世もしなかったと言いたいのかもしれない。

竹橋事件の実態は、反薩長藩閥の士官と徴兵された兵による、明治政府に対する農民一揆的な蜂起であった。そのため、それら革命的な行動の詳細は政府と軍部によって完全に隠蔽され、闇に葬り去られたのである。そして、竹橋事件と時期を同じくして、山県有朋の主導で参謀本部が設置され『軍人訓戒』が配布され、憲兵隊が組織された。明治十五年には『軍人勅諭』が下され、軍部は政府から独立した統帥権《とうすい》という権力の「錦の御旗」を手にする。

▼無責任な男と乞食

菊人形展を抜け出して三四郎が「廣田先生や野々宮さんは嘸後《さぞあと》で僕等を探したでせう」と問うと、美禰子は「なに大丈夫よ。大きな迷子《まひご》ですもの」と冷淡である。「迷子だから探したでしょう」と三四郎が至極真っ当な理屈を言うと、美禰子は冷やかな調子で、「責任を逃《のが》れたがる人だから、丁度好《い》いでせう」と突き離したように応える。「大きな迷子」とは、実は探されることのない美禰子たちのことである。汽車の「黒い女」は亭主が行方不明になっていると言う。行方不明になっているのが「大きな迷子」であり、それは犠牲の羊にされた兵士たちのことである。行方不明になった「黒い女」の亭主とは、旅順口の「迷子」である彼女自身のことである。この戦場で死んだ膨大な数の行方不明者の亡霊の「惑《まど》う女《おんな》」「迷女《マドンナ》」に対して、廣田と野々宮は責任を取らないと美禰子は非難しているのである。

美禰子たち「迷子」のことを知らない三四郎は「誰が？廣田先生がですか」と問うのに対して美禰子は答えない。さらに「野々宮さんですか」と聞いても美禰子はやはり答えない。「迷へる《ストレイ》子《シープ》——解《わか》つて？」と言うのみである。美禰子の「——」の沈黙は、三四郎に向かって「余っ程度胸のない方」と言っているようである。

三四郎は、菊人形展を離れた静かな秋の中で「あの人形を見てゐる連中のうちには随分下等なのがゐた様だから——何か失礼でもしましたか」としゃべり出す。これにも美禰子は答えない。「随分下等なの」とは、日露戦争で日本に火中の栗を拾わせようとした同盟国のことを指すのであろう。『坊っちゃん』では下等な野《や》交幇間《ごうほうかん》の「野だいこ」は砲艦外交《ほうかんがいこう》の英国人であり、その名前は「野田」ではなく「加藤《かとう》」が当初考えられていた。戦場に送り込まれて殺された日本軍の兵士たちにとって、英国の狡猾な外交は「何か失礼」どころではない。ここでも、「——」が深刻な「何か」を無言で語っている。

菊人形見物に行く途中の大観音《おお》の「乞食」が話題になる場面がある。乞食は「額《ひたひ》を地《ぢ》に擦《す》り付けて、大きな声をのべつに出して、哀願を逞《たくま》しうしてゐる。時々顔を上げると、額の所丈《だけ》が砂で白くなつてゐる。誰も顧《かへり》みる者がない」。廣田は急に振り向いて三四郎に「君あの乞食に銭《ぜに》を遣《や》りましたか」と問う。よし子は「遣る気にならないわね」と言い捨て、美禰子は「ああ終始焦つ着いて居ちや、焦つ着き栄《ばえ》がしないから駄目ですよ」とこれまた冷たい。廣田が「山の上の淋しい所で、ああいふ男に逢つたら、誰でも遣る気になるんだよ」に対して「其《その》代わり一日待つてゐても、誰も通らないかも知れない」と野々宮はくすくす笑い出したのである。

この「終始」「銭を」「焦つ着き」「哀願を逞し」くしているものの、「銭を」「遣る気になれない乞食」とは、「山の上の淋しい所」が相応な男であり、廣田が「急に振り向いて」気にしていることから、それは廣田の後ろに居る黒幕のようである。

ここで言う「乞食」は、旅順口を陥落させることを電信で「焦つ着いた」男であり、金品に執着して献金や賄賂、礼金を終始「乞食」のように要求し、人目を避けて人の居ない「淋しい所」で、袖の下の銭をせびる軍人である。したがって、この乞食とは、足軽以下の身分であった若い頃は、「額を地に擦り付け」るようにして生き延び、その後に成り上がり、「顔を上げ」ても「白くなつてゐる」「額」は変わらない、乞食根性の男である。「山の上」が名指しする「誰も顧る者がない」この乞食は、剥げかかった白い額の山県有朋のことである。

後年、大正天皇は参内する山県を乞食扱いした。「くれて遣るものが何かないか。早く渡して帰してしまえ」と側近に命じたという。

廣田に「君あの乞食に銭をやりましたか」と問われた三四郎は、このように言われるのは心外であり、「今日迄《こんにちまで》養成した徳義上の観念を幾分か傷つけられる様な気がした」のである。したがって、乞食の前を通るとき「一銭も投げてやる料簡が起らなかつたのみならず、実を云へば、寧ろ不愉快な感じが募つた」とまで言う三四郎は、乞食をよほど嫌っていたのであろう。

▼宝石の採掘

『三四郎』を始めとする自作における「マドンナ」のミステリーの謎が多くの人に解かれると漱石は思っていたのであろうか。巧妙に隠された鋭い諷刺と社会への重い問題提起の本意が人々に伝わると果たして考えていたのであろうか。それがすぐわかってしまうようであれば、それぞれの作品に「不敬罪」などの嫌疑がかかり、官憲から発行禁止の処分を受け、悪くすると漱石は「国賊取扱」で逮捕されかねない。当然のことながら漱石は作品に込めた真意については全く語らず、問われても見当違いの回答をして徹底的に煙に巻いている。例えば「赤シャツ」のモデルについて尋ねられても、文学士であるということでは私であると考えるのが順当などと答えている。ところがである。『三四郎』の文中には、自分の本意が理解され、表立って論じられる日がいずれ来ることを期待していたことをうかがわせるところがある。

それは、三四郎が「講義」の筆記を取りながら読んだ論文「偉大なる暗闇」で、「ただ与次郎の文章が一句丈判然《だけはっきり》頭へ這入つた」とある下りである。その一句とは「自然は宝石を作るに幾年の星霜を費やしたか。又此《この》宝石が採掘の運に逢ふ迄に、幾年の星霜を静かに輝やいてゐたか」である。宝石の採掘の一文を読む限り、幾星霜かけて構想し世に出した「静かに輝や」く美禰子らの真実が、同時代あるいは後世の読者に理解されるのは容易でないとしても、時が移り世が変われば「採掘」されると漱石は期待していたのではないだかろうか。そして、「一句丈判然《はっきり》頭へ這入つた」三四郎は、「ストレイシープ」を帳面に一文字も書かなかったのである。

▼ストレイシープ

菊人形展を抜け出した美禰子と三四郎は小川の縁を散策し、地面に唐辛子を干した藁葺農家の傍らを通り、その背後に見つけた「細い三尺程の狭い路《みち》」をたどって行く。離れた所からこの路が見えなかったのであるから、これは敵の弾丸を避けるために工兵によって掘られた攻撃用の坑道、あるいは壕《ごう》を思わせる。美禰子は軸足を石に置いて、水たまりを跳び越える。勢いあまって「のめりさうに胸が前へ出る」のである。腰を浮かせて上体を倒すというこの動きは、病院の廊下ですれ違ったときの挨拶と同じで、陸軍士官のお辞儀を思わせる。このはずみで美禰子の両手は三四郎に両腕の上に落ちる。美禰子が三四郎に飛びつく格好になったのは、取り憑《つ》いたことを示唆している。私にお捕まりなさいと言う三四郎は、既にこの霊に捕まっている。美禰子はこの瞬間に「口の内」で「迷へる子《ストレイシープ》」と言い、三四郎は美禰子の「呼吸《いき》」を感じたのである。本当に「口の内」の発音であれば呼気を感じられないはずだから、これは「旅順口の中」と解釈することもできる。

美禰子に「迷へる子《ストレイシープ》」と言われた三四郎は「此言葉を使つた女の意味」がわからず、「いたづらに女の顔を眺めて黙つてゐた」ところ、美禰子は急に真面目になり、「私そんなに生意気に見えますか」と言う。次に「此言葉で霧が晴れた。明瞭な女が出て来た」と展開する。「女とは幽霊である」の符牒《ふちょう》がわかっていないと「明瞭な女」の意味は想像できない。美禰子が「俄《にわ》かに立ち上がつた。立ち上がる時、小さな声で、独り言のように『迷へる子《ストレイシープ》』と長く引つ張って云つた」のもそのためである。霊が俄に立つとき、そこには「迷へる子《ストレイシープ》」「迷女《マドンナ》」が生まれる。それが「ストレイシ――プ」であるのは「シ――」と引き伸ばされて強調されるのは「シ」の音、つまり「生の息」を引き取る

「死」であるからであろう。
このミステリー小説は三四郎が「ただ口の内で迷羊《ストレイシープ》、迷羊《ストレイシープ》と繰り返した」で終わる。この「ストレイシープ」の語に託された意味をわからないと何とも中途半端な終わり方で、この小説が一体どういう小説であったのかが理解できないままになってしまう。

日露戦争の日本軍の人的損害は参謀本部から次のように発表されている。

	〈将校〉		〈下士卒〉	
【戦死】	678人	7・38%	19068人	4・56%
【行方不明】	422人	4・58%	39193人	9・36%
【負傷】	3840人	41・82%	118850人	28・39%
【病没】	210人	1・8%	7158人	2・2%
【疾病】	13145人	18・29%	345282人	11・16%

（『日本の戦史　日露戦争』旧参謀本部編纂・徳間書店・一九六六年より）

注目すべきは、下士卒では行方不明者の数は戦死者の倍であり、その数が異常に多いことである。将校についても行方不明は少なくない。逃亡者が数多くいたわけではないので、ここで数えられている「行方不明者」とは戦死を確認されなかったか、認定されなかった戦死者あるいは病死者と考えるべきであろう。収容できず死を特定できなかった戦死将兵の方が、戦死を確認された者よりはるかに多い。遺体が収容されずに葬られることもなく、戦死者に数えられなかったこれらの死者たちは、迷う霊である「迷女《マドンナ》」となって現れてもおかしくないのである。

「迷羊」には、戦死者に与えられるべき下賜金《かしきん》の支払いが滞っていた。美禰子が三四郎に貸した金は、戦死者は政府に貸しがあるという意味での「貸し金」である。美禰子が貸した金は「下賜金」が政府から行方不明の「ストレイ シープ」に払われない限り、決して返済されない「貸し金」なのである。

壕に飛び込んだまま、行方がわからない『趣味の遺伝』の「浩さん」も「ストレイシープ」の一人である。なぜなら、その霊を迎えに出たものはなく、彼の墓は「古いと云う点に於いて」「大分幅の利く方である」古色蒼然たる「河上家代々之墓」だからである。

第七章　『吾輩ハ猫デアル』　化猫が語る時事諷刺

〈『吾輩ハ猫デアル』は明治三十八（一九〇五）年一月から翌三十九年八月に『ホトトギス』に連載され、明治三十八年十月～同四十年五月、大倉書店と服部書店から順次出版された〉

▼猫の姿を借りた亡霊

小説『吾輩ハ猫デアル』は日露戦争で旅順口が陥落した直後、俳句雑誌『ホトトギス』に発表された。軽妙な時事諷刺の読み切りが読者の支持を得て続編を重ね、結局一年八カ月に及ぶ連載となった。

語り手の「猫」は、手のひらで「スー」と持ち上げられる。激しく回転した末、「どさり」と知らない場所に落ちて来た。それが「猫」の登場の仕方である。去り方はあっけない。甕《かめ》に落ちて溺れ、南無阿弥陀仏を唱えて往生する。「猫」はまるで冥界から現れた亡霊のようである。しかも「猫」を「フワフワ」させて飛ばす人間は、「やかん」のようにつるつるした「顔」で真ん中から「煙を」「吹き出し」「片輪《かたわ》」であると書かれている。「やかん」と言うなら「顔」ではなく「禿げ頭」を指すのが普通である。「片輪」は汽車を指す。汽車は砲弾の意味で『虞美人草』の屏風に片輪は描かれている。「猫」は「吾輩《わがはい》」などという、髭《ひげ》を生やした軍人が尊大な気持ち込めて自らを呼ぶような響きがある一人称を使う。小説のタイトルは軍の命令書や報告書のようにカタカナ交じりである。「猫」は日露戦争と靖国神社に批判的でしばしば当てこすりをする。ここに注目するなら「吾輩猫」は日露戦争で命を落とした軍人の亡霊のようでもある。「猫」が亡霊であると仮定しても、また、苦しい胸の内を明かした後に冥界に帰って行くとしても、『吾輩ハ猫デアル』は「夢幻能」の形式を借りるには到ってない。

「猫の足はあれども無きが如し。どこを歩いても不器用な音のした試しがない。空を踏むが如く、雲を行くが如く」と漱石が「吾輩猫」を描写したのは、本来は足が無く、空《くう》を漂う幽霊であったからに違いない。

「猫」が「尊敬する尻尾大明神を礼拝してニャン運長久を祈らばや」と言ったのは自

分が「武運長久」を祈られる立場にあったからである。「吾輩」は「尻尾《しっぽ》には神祇釈教恋無常は無論の事、満天下の人間を馬鹿にする一家相伝の妙薬が詰め込んである」のである。そのために「吾輩の普通一般の猫でないと云ふ事を知つて居る」主人の「活眼に対して敬服の意を表するに躊躇しない積りである」と言うほどに霊験《れいげん》あらたかなのである。

「人の世に住む事もはや二年越しになる」の言葉からも「吾輩猫」が既にこの世のものではないことがわかる。人間界の傍らに生きる猫は野良猫であれ飼い猫であれ「人の世」に住むとは普通言わない。「人の世」とは生きている人間が住むこの世のことであるから「猫」はこの世に現れて二年が過ぎたと読める。

百年前に死んだ猫の亡霊「カーテル・ムル」に比べて、「吾輩の様な碌《ろく》でなしは、とうに御暇《おいとま》を頂戴して無何有郷に帰臥してもいい筈であった」と言うのも、本来は彼岸の霊界に帰っているはずであったの意味で、「猫」が冥界《めいかい》からさまよい出た霊であることを告白するものである。「無何有郷《むかうのきょう》」とは無作為自然の理想郷の意味である。ここでは「むこうのきょう」で、この世の「向こう側の幽境《ゆうきょう》」と読むのだろう。

「吾輩」が住み着いた家の主人である英語教師の苦沙弥は、著者の漱石自身を戯画化し、登場物たちは彼の周囲にいた実在の人たちを投影していると一般的には信じられてきた。それは漱石がのんきな捨て猫の秖徊話《ていかい》に装った策が功を奏したためである。「吾輩」と名乗る亡霊が猫に化けて語りたかったのは、当時誰もが口にすることが難しかった日露戦争の実態である。浮世離れした英語教師の馬鹿げた出来事や笑話、奇談では決してない。明治の世に繰り広げられる愚行と不条理への諷刺であり、日露戦争を遂行する軍国化した政府への鋭い批判と皮肉である。

▼「にやあ」の品詞

洗湯から帰った主人の晩餐《ばんさん》に対して「猫」は「銭《ぜに》もないくせに二三品御菜を並べている」と言う。おかずが「二品」であるか「三品」であるかは、銭のない家では大きく違う。しかも、吾輩は膳を見て言っているのであるから「二菜」であるか「三菜」であるかは即座に判断できる。にもかかわらず「二三品」と曖昧《あいまい》な言い方をしたのは含みがあるからである。

ここについても「二三品」の「品」の「口」は「〇」であり、「品《しな》」は「支那《しな》」である。「支那」における「二十三の御菜《おさい》」つまり「二〇三の御寨《さい》」、旅順における「二〇三高地」の「寨《さい》」つまり「要塞」の堡塁《ほるい》が並んでいる情景を語っている。

そのうちの一品は「丈夫」な「肴《さかな》の焼いたの」である。「昨日あたり御台場近辺でやられたにちがいない」という「肴」だそうである。普通、焼いて食う魚に「丈夫」も何もない。「焼き肴」ではなく「肴の焼いたの」に注意を払う必要がある。二百三高地からの誘導により、台場から運んだ巨砲に狙われた「ロシアの軍艦」を「肴」と言っているのである。「肴は丈夫なものだと説明しておいた」とする鉄甲艦も、二十八サンチ榴弾砲の巨砲によって「いくら丈夫でもこう焼かれたり煮られたりしてはたまらん」のである。

この時、苦沙弥はなぜか急に「にやあ」と鳴かせたくて、妻に命じて「吾輩猫」の頭を叩かせた上、「にやあ」が「感投詞か副詞か」と問う。「おい、ちよつと鳴くようにぶつて見ろ」と命じる苦沙弥に対し、「吾輩猫」は「只打つて見ろと云ふ命令は、打つ事それ自身を目的とする場合の外に用ふべきものではない」と腹の中で言ってのける。実は「只打ってみろ」の真意は、観測による目標設定をせずむやみに砲撃を繰り返す愚を批判しているのである。大砲を旅順市街に向けて「只打つ」命令を改めさせるため旅順に作戦指導に来た児玉源太郎は、二十八サンチ榴弾砲の着弾観測所を確保する狙いから二百三高地を強襲したと言われる。

旅順攻囲戦における死屍累々の惨憺たる状況に逆上した主人は「吾輩猫」に二十八サンチ榴弾砲と言わせたかったのである。「にゃー」は「二八《にや》」だからである。

二〇三高地からの誘導で砲弾を正確に撃つことができるようになった二十八サンチ榴弾砲により、旅順湾内の台場付近にいたロシアの「丈夫」な軍艦は大打撃を受けたのである。したがって「にやあが感投詞か副詞か」の答えは、「二八《にや》」は「艦隊圧《かんとお》し」、あるいは軍艦を貫く「艦通《かんとお》し」の「感投詞《かんとうし》」であり、船を転覆させる「覆《ふく》し」の「副詞《ふくし》」でもある。

主人はそのまま「例の肴をむしやむしや食ふ。序にその隣にある豚と芋のにころばしを食ふ。『これは豚だな』『ええ豚で御座《ござ》んす』『ふん』と大軽蔑の調子を以て飲み込んだ」だけでなく、唐突に「御前世界で一番長い字を知ってるか」と再び妻に問いかける。「御前《おまえ》世界で」は「御前《ごぜん》世界で」を意味し、「天皇親政の明治政府では」となる。御膳にある「豚と芋のにころばし」の「長字」は、そこで一番幅を利かせている「長い字」を指す。つまり「長州閥」のことを言っているのであろう。「芋」は「薩摩芋」で、「薩摩閥」である。「字」と「芋」は字の形が似ているので「豚と芋のにころばし」の「芋」が「薩摩芋」なら「豚」は「長州」という悪罵《あくば》になる。「煮ころがし」ではなく「にころばし」としているのは、「日転《にち》ばし」「日本を転覆させる」「亡国の政府」が藩閥政府だと漱石が言いたかったからだろう。「豚」に対して「ふん」と「大軽蔑の調子を以て呑み込んだ」わけは、長州の成り上がり者たちを苦沙弥が本心では嫌っているからである。

▼招魂社に嫁ぐ三姉妹

苦沙弥には幼い娘が三人いる。三人が、そろいもそろって「招魂社へお嫁に行きたい」と言い出すのを聞いた猫は、「三人が顔を揃へて招魂社に嫁に行けたら、主人も嘸《さぞ》楽であろう」と呆れる。これは兵士の御霊《みたま》を招魂社に数多く送り込んだ者たちに向けた非難である。日露戦争で長男と次男を失った乃木を同情して「一人息子と泣いては済まぬ、二人亡くした人もある」と歌う俗謡が当時はやっていたことを考えればかなり際どい皮肉である。

苦沙弥宅を訪問していた雪江が「どんな所へ御嫁に行くの？」と問われ、「そんな事知るもんですか、別に何もないんですもの」と答える。それを聞いていた長女のとん子が「わたしも御嫁に行きたいな」と無邪気に言い出す。苦沙弥の妻が「どこへ行きたいの」と笑いながら聞くと「わたしねえ、本当はね、招魂社へ御嫁に行きたいんだけれども、水道橋を渡るのがいやだから、どうしやうかと思ってるの」と応えるので、妻と雪江はどっと笑い崩れる。この笑いも注意すべきである。「笑っている場合ではない」の種類の話題だからである。次女のすん子がさらに、「御ねい様も招魂社がすき？　わたしも大すき。一所に招魂社へ御嫁に行きませう。ね？　いや？　いやなら好《い》いわ。わたし一人で車に乗つてさっさと行つちまうわ」と強硬である。すると、三女まで「坊ばも行くの」と追随するのである。

この小説が連載された明治三十八〜三十九年頃に漱石が記した「断片」には、この長女とん子の発言を「わたし○○さんの所へ行きたいのだけれども。あすこは砲兵工廠の前を通るからいやなの」とある。連載に際して「砲兵工廠がいや」とはっきり書くことははばかられたようである。「○○さん」を「招魂社」に変えたのは不敬の非難を恐れない大胆な行為に見えるかもしれない。ただ、招魂社には子供向けの遊戯施設もあったので、「幼い三姉妹は無邪気に遊園地に行きたかっただけだ」との言い訳が可能であった。

砲兵工廠の塀に沿った崖のそばにあった「素人下宿」で友人「K」を死なせて慚愧に堪えないでいるのが、『こころ』の先生である。明治四十二年に朝日新聞に連載された漱石門下の森田草平による小説『煤煙』の煙も、この砲兵工廠から出ている。

▼旅順攻囲戦で成仏

『虞美人草』では京都が、『三四郎』では大学周辺が、旅順口の戦場に例えられる。

『吾輩ハ猫デアル』では、「猫」が居着いた珍野苦沙弥宅の台所が戦場である。そこでは、参謀の書く文書のパロディーであるもったいぶった文体で、鼠《ねずみ》の一群をロシアの艦隊と籠城軍に見立てて、「猫」が作戦を立てる。

「鼠族《そぞく》の逸出《いつしゅつ》するのには三つの行路がある」「土管に沿ふて流しから、へっついの裏へ廻る」のは、火消壺の影に隠れて退路を断ち、「溝へ湯を抜く漆喰《しっくい》の穴より風呂場を迂回して勝手へ不意に飛び出す」場合は、釜の蓋《ふた》の上に陣取って飛び降りて一攫《ひとつか》みにする。「戸棚の戸の右の下隅が半月形に喰ひ破られて、彼等の出入りに便なるかの疑がある」ためである。「若しここから吶喊《とっかん》して出たら、柱を盾に遣り過ごして置いて、横合いからあつと爪をかける」という立派な机上の計画である。「三つの行路」とは、予想されるバルチック艦隊の航路である対馬海峡、津軽海峡、宗谷海峡であり、吾輩は「此格段なる地位に於ても亦《また》東郷閣下とよく苦心を同じうする者である」と不遜な気炎を吐く。そして、「混成猫旅団を組織して露西亜《ロシア》兵を引っ掻いてやりたい」と鼠相手の戦闘を開始する。

夜半、鼠のロシア軍が戸棚の中で活動を始める。猫は扉一枚に隔てられて手出しができない。「現在敵が暴行を逞しくしてゐるのに、吾輩は昵《じ》つと穴の出口で待つて居らねばならん随分気の長い話だ。鼠は旅順椀の中で盛に舞踏会を催ふして居る。せめて吾輩の這入れる丈《だけ》御三が此戸を開けて置けば善いのに、気の利かぬ山出しだ」の「旅順椀《わん》」が、「旅順湾」であることは言うまでもない。気長に待たなければならないのは、湾内に逃げ込んだロシア艦隊を、旅順口内に封じ込めている東郷提督である。ただ、いつまでも待っているわけにもいかない。戸棚の中の鼠たちを退治しなければ、遠路回航中のバルチック艦隊が到着して、日本の連合艦隊は背腹に敵を得ることになる。旅順口の「戸を開けてくれない」、気の利かないのは「山出し」の「田舎者」の下女「御三《おさん》」である。「お三」とは、いつまでたっても旅順口を陥落できない「第三軍」のことである。「山出し」であるのは、その司令官と参謀長の人選が山県有朋から出たものであるからである。

猫は三方面の鼠族たちの連携陽動作戦に翻弄され、散々に引き回される。これに懲りて台所中央でにらみを利かせて動かず雌伏《しふく》し、持久戦を試みるものの不覚にも寝入ってしまう。

そして、「惜し気もなく散る彼岸桜を誘ふて、颯《さつ》と吹き込む風に驚いて眼を覚ますと、朧月《おぼろづき》さへいつの間に差してか、竃《へつつい》の影は斜めに揚板《あげいた》の上にかかる。寝過ごしはせぬかと二三度耳を振って家内の容子を窺ふと、しんとして昨夜の如く柱時計の音のみ聞える。もう鼠の出る時分だ」とある。「颯と吹き込む風に」『惜し気もなく散る彼岸桜』とは、「命を惜しまず戦死して彼岸に行ってしまった」『花は嵐に誘われて』の兵士たちことである。「揚げ板の上にかかる」『竃の影』は、要塞の穴倉である「穹窖《きゅうこう》」であろう。「二三度耳を振って家内の様子を窺ふ」は、「二百三高地」から眼を凝らして旅順湾内を窺うという意味である。さらに「又花吹雪を一塊り投げ込んで、烈しき風の吾を遶《めぐ》ると思へば、戸棚の口から弾丸の如く飛び出した者が、避くる間もあらばこそ、風を切つて吾輩の左の耳に食いつく」というのも、機関銃で要塞の銃眼から弾丸で狙い撃ちされて壊滅した決死隊のことを言っているようである。だから「嵐に投入した一塊の花」なのであろう。

「吾輩」は要塞によじ登って、棚の上の鼠に正面から果敢に突撃を強行するも、上から狙いすまして尻尾に噛み付いた鼠もろともに、すりばちや小おけ、ジャムの空き缶、火消し壺を巻き添えにし、大音響を立てて水甕《みずがめ》にあえなく墜落する。

最後に猫は水甕の中で溺れて死ぬ。「彼は棚の上から吾輩を見卸《おろ》す、吾輩は板の間から彼を見上ぐる。距離は五尺。其中《その》に月の光りが、大幅の帯を空に張る如く横に差し込む。吾輩は前足に力を込めて、やつと許《ばか》りに棚の上に飛び上がらうとした。前足丈は首尾よく棚の縁にかかつたが後足は宙にもがいて居る」「二三分滑れば落ちねばならぬ。吾輩は愈《いよいよ》危うい」のである。「棚の上から」「見下ろす彼」がロシア軍であり、「大幅の帯を空に張る如く横に差し込む」「月の光り」は、ロシア軍の探照灯《サーチライト》を思わせる。猫が落ちる水瓶は、『趣味の遺伝』の「浩さん」が飛び込んで死んだ要塞の壕であり、「吾輩は愈《いよいよ》危うい」と「浩さん」は「愈《いよいよ》いけない」が呼応している。

続編を継ぎ足していった随筆のような小説『吾輩ハ猫デアル』は、起承転結がある筋の通った物語ではない。そのため、亡霊がシテを演じる夢幻能のような形式は取っていない。それでも「吾輩猫」は最後に、シテのように心穏やかに成仏して俗世から去って行くのである。

第八章　その他の作品　『琴のそら音』など

夢幻能の形式を取らないまでも、旅順口の戦死者を表の「F」、あるいは裏の「＋f」を主題とする漱石作品は他にもある。前章までに考察した以外の四つの小説について考えてみたい。

▼『琴のそら音』

〈明治三十八（一九〇五）年五月に雑誌『七人』に掲載され、翌三十九年に『漾虚集』に収められ出版された〉

『琴のそら音』は、『坊っちゃん』の前に書かれたミステリー短編である。幽霊研究をする友人、津田の話に触発された語り手の「心裏」を語るという体裁を取る。日露戦争に出征した中尉の手鏡に、インフルエンザを患った妻の姿が現れ同時刻に彼女が亡くなったという超自然現象について聞いた語り手が、雨夜の帰り道、幽霊の出現におびえインフルエンザに感染したいいなずけの死を予感する。実はすべてが杞憂《きゆう》の妄想であったという話である。

これは話が逆である。手鏡は女性の持ち物であり、手鏡に映るのは戦死した夫の姿であると摩訶《まか》不思議の相場は決まっている。したがって、出征中尉の話は、夫婦の立場が故意に逆転させられているわけである。それだけではない。

この小説は題名が『琴のそら音』であるにもかかわらず、文中には琴の「こ」の字も出てこない。「空音《そらね》」とは、語り手の婚約者の死と幽霊の出現が空想であったことを言うと考えられる。既に述べたように「琴」は「弾」を放つ「大砲」の隠語であるから、「空音」を「空砲」の意味と考えることができるかもしれない。「空砲」は戦死者を鎮魂する。戦死者の鎮魂を引き受けるのは招魂社、つまり靖国神社の国家的な役割である。戦場で斃《たお》れた勇者の魂魄《こんぱく》は神社の御神体の鏡に映り、英霊として鎮魂されると言われる。語り手が言うように「幽霊と雲助は維新以来永久廃業した」はずであったのに対し、雲助を廃業して明治新政府の高官になった者たちが超自然の神がかりを言い出したのである。これを「文学士津田真方《まかた》著幽霊論の七十二頁のK君の例」として挙げているのは、平田篤胤の霊魂論『霊能真柱《たまのみはしら》』への諷刺であろう。

篤胤は妻の死を契機に著したこの『霊能真柱』で、天皇の御民《みたみ》は、死んで大国主神が主宰する幽冥の神となるのであるから、霊の行方の安定《しづまり》を知るには大倭心《やまとごころ》を堅むべしと説いている。

『草枕』では、神田松永町の竜閑橋に居たという親方の「髪結床《かみゆいどこ》」の鏡について、語り手が鏡に向かう「権利を放棄したく考へてゐる」「鏡と云ふ道具は平《たいら》に出来て、なだらかに人の顔を写さなくては義理が立たぬ」などと苦情を述べている。現在のJR秋葉原駅の東側に位置する神田松永町とJR神田駅の西南にあった竜閑橋は近くないので、漱石が書いた住所は、「神」「竜」の文字によって竜神の居る「神居所《かみいどこ》」を示唆するためだと考えられる。そして、神社の霊験あらたかな凹面鏡に向かう権利のある戦死者たちの霊魂がゆがんで写されるのは「義理が立たぬ」と言いたいのであろう。「また一つ大きいのが血を塗った、人魂《ひとだま》のように落ちる。また落ちる。ぽたりぽたりと落ちる。際限なく落ちる」とある「鏡が池」とは、この鏡に映る戦場のことであろう。さらに、「鏡の裡《うち》」には「身を斜《はす》にしてその［暖簾《のれん》］（角カッコ引用者）下をくぐり抜ける燕《つばめ》の姿が、ひらりと」「落ちて行く」ともある。この「燕の姿」は、海を渡って帰り、御簾《みす》をくぐり抜けて鏡に向かう英霊の隠喩である。

▼『二百十日』

〈明治三十九（一九〇六）年十月に『中央公論』に載り、同年十二月に『鶉籠』に収められ出版された〉

「火の柱」の阿蘇山に登る圭さんと碌さんの二人の掛け合い漫談のような対話で進行する。短編『二百十日』は文字通りの秖徊《ていかい》文学であり、そのままでは何が言いたいのか皆目見当もつかない。嵐の中を登る山が、『虞美人草』の「比叡山」と同じように、激戦の「二百三高地」あるいは「松樹山」の要塞と読むなら、二人の会話に隠された諷刺の際どさに驚かされる。

『二百十日』の初版本は扉の題字が「市松模様」に「二百十日」の縦書の印章である。丸い「日」の「一」を取れば「〇」になり、取った「一」を「十」に持って行き「一と十」の三本の棒を横に並べると「三」になる。これで「二」から、右にぐるっと回せば「二百〇三」と読める。「市松」は「松樹」であるから、「二〇三高地」と「松樹山」を暗に示すことになる。

「火の柱」は、日露戦争を起こした資本家や軍人、政治家の虚偽と不正を批判した木下尚江の社会主義的小説『火の柱』を思い出させる。育ちの良い「豆腐屋の二階」の主さんを茶化す庶民の碌さんは、『火の柱』の主人公である反戦運動家の篠田長二のようでもある。

▼『それから』

〈明治四十二（一九〇九）年六～十月に『朝日新聞』に連載され、翌四十三年一月に春陽堂から出版された〉

小説『それから』は『三四郎』の続編と言われている。東京の資産家の次男である主人公代助は、田舎出の三四郎の「それから」ではないように見える。代助は高等遊民である。それが表の話である。

日露戦争は終わった。それから数年後には戦死者のことなど忘れてしまったかのような世相になっていた。政府と実業界の癒着と腐敗ぶりは著しく、庶民と特権層との経済格差は広がり、政府と財界を非難する声が高まってきていた。そうした折、東京に舞い戻ってきた三千代は、『三四郎』の美禰子の「それから」のようである。

三千代は「美くしい線を奇麗に重ねた鮮やかな二重瞼《ふたえまぶた》」の大きな黒目を持ち、「昔の金歯を一寸《ちょっと》見せた」とあるから、美禰子のように能面を着けていることを想像させる。

『それから』も『三四郎』同様、主人公のゆめうつつで始まる。「代助の頭の中には、大きな俎下駄《まないたげた》が空《くう》から、ぶら下つてゐた。けれども、その俎下駄は、足音の遠退《とおの》くに従つて、すうと頭から抜け出して消えて仕舞った」が冒頭である。

『草枕』の夢幻の入り口である峠の茶店の記述である「五六足の草鞋《わらじ》が淋しそうに庇《ひさし》から吊《つる》されて、屈托気《くったくけ》にふらりふらりと揺れる」とどこか似ている。「屈託」は「無い」と言うのが普通であるから、「屈託気」の「俎下駄」は「曰《いわ》く因縁の象徴である」と言っていることになろう。

「肋《あばら》のはづれに正しく中《あた》る血の音を確かめながら眠に就いた」代助は、夢の中でそれが落ちる音を聞いたという「八重の椿が一輪畳の上に落ちてゐる」のに気づき、「紅《くれない》の血潮の緩く流れる様を」感じたのである。大きい椿が血を塗った人魂《ひとだま》のように落ちるのは『草枕』の「鏡が池」であるのに対し、『それから』の椿は「赤ん坊の頭程もある大きな花の色」である。それほど大きな椿の花があるとは思えないので、ここでは結末の伏線として「赤」と「頭」の文字を準備したのであろう。代助が昼寝をむさぼった時、「平岡も三千代も、彼に取つて殆ど存在してゐなかつた」にもかかわらず、「穏やかな眠のうちに、誰だかすうと来て、またすうと出て行つた様な心持がした」のであり。その感じは「頭から拭ひ去ることが出来なかった」とある。ここにも「頭」が出てくる。これは「すう」と出現する亡霊を暗示する。

漱石の小説で「すう」と出て、「すう」と消えるのは亡霊である。『琴の空音』では、鏡に「青白い細君の病気に窶《やつ》れた姿がスーとあらわれた」のであり、「庭木戸がすうと明《あ》いた。さうして思も寄らぬ池の女が庭の中《なか》にあらはれた」のは、『三四郎』の美禰子である。美禰子の後に野々宮は入ってくるときには「庭の木戸がぎいと開《あ》いて」と書かれている。亡霊は音もなく通り抜けるため「すう」であるのに対し、この世の者は木戸を「ぎい」と開けなければ通れない。汽車の中で「すうと立つて」車室の外へ出て行ったのに、いつのまにか三四郎の「正面」に立っていたのは、美禰子の前シテの「黒い女」である。代助の夢の「俎下駄」も「すうと頭から抜け出して」消えている。

これらを考えると、平岡と結婚して東京を去ったものの、体を壊すなどして戻ってきたミステリアスな三千代についても、夢幻能のシテと考えてこの小説を読むことができそうである。

日糖疑獄であたふたする代助の父の長井得は渋沢栄一、高等遊民の代助はその次男で放蕩の末に廃嫡された篤二を思わせる。代助にピアノが弾ける点など篤二と共通するところもある。表の設定にも、日露戦争後に急激な資本主義化をさらに推し進めようとする実業界に対する諷刺が込められている。

代助は実家で、ピアノを弾く嫂《あによめ》と姪の白い手の様子を見ながら、欄間《らんま》にある「ワルキューレ」の画を眺める場面について「代助は此大濤《このおほなみ》の上に黄金色の雲の峰を一面に描《か》かした。さうして、其雲の峰をよく見ると、真裸《まはだか》な女性《によしやう》の巨人が、髪を乱し、身を躍らして、一団となって、暴《あ》れ狂つてゐる様に、旨《うま》く輪郭を取らした。代助はヴルキイルを雲に見立てた積《つもり》で此図を注文した」と書かれている。

ワーグナーの楽劇『ニーベルングの指輪』で知られる「ワルキューレ」は、勇士たちの霊魂を天馬で騎行しながら収容する女神であり、英雄の徳を人格化したものである。したがって、これも戦死者の霊魂を鎮める夢幻能を暗示している。

▼『門』

〈明治四十三（一九一〇）年の三〜六月に『朝日新聞』に連載され、翌四十四年一月に春陽堂から出版された〉

小説『門』は、その構成を夢幻能に依拠しているようには思えない。それでも二人の子供と胎児を亡くし、崖下にひっそりと暮らす夫婦は夢幻界の住人のようである。文中には「宗助と御米《およね》の一生を暗く彩どった関係は、二人の影を薄くして、幽霊のような思《おもい》をどこかに抱かしめた」とある。

少なくとも御米は、『それから』の三千代の「それから」の姿であるだけでなく、『趣味の遺伝』の墓参りの「女」、『草枕」の那美、『虞美人草』の藤尾、それに『三四郎』の美禰子と同類の「マドンナ」である。

宗介が縁側で寝ている姿は「どう云ふ了見《りょうけん》か両膝を曲げて海老のように窮屈になつている。さうして両手を組み合わして、其中《その》へ黒い頭を突つ込んでいるから、肱《ひじ》に挟まれて顔がちつとも見えない」のである。このような姿勢にさせた漱石の狙いは、顔がわからず、身元を識別することができない戦死者を暗示することにあるのであろう。

宗介夫婦が一緒になった事件は、「すべてが生死《しょうし》の戦《たたかい》であった。青竹を炙って油を絞るほどの苦しみであった。大風は突然不用意の二人を吹き倒したのである。二人が起き上がった時はどこもかしこもすでに砂だらけであったのである。彼らは砂だらけになった自分達を認めた。けれどもいつ吹き倒されたかを知らなかった」と比喩を用いて説明されている。「砂だらけ」になるのは、砲弾で吹き飛ばされる戦場であり、『趣味の遺伝』には「五丈ほどの砂煙《すなけむり》を捲《ま》き上げた」とある。『三四郎』の美禰子が「真砂町」に住み、縁側を砂だらけにする「砂の魔女《サンドウイッチ》」であるのはそのためである。また、『草枕』では、丘のようにうずたかく積み上げられた貝が崩れ、「幾分は砂川《すながわ》の底に落ちて、浮世の表から、暗《くら》い国へ葬られる」とある。この「貝」とは、「口無しの員」、つまり死人となって「冥《くら》い」国に葬られる「兵員」のことであることは述べた。

宗介と御米の夫婦の正体は、大詰めの第二十二章の三で示唆されている。それは無数の蛙の夫婦が石を打ちつけられて無残に殺されるという、崖上に住む坂井の与太話《よたばなし》である。「二十年も三十年も夫婦が皺だらけになつて生《い》きてゐたつて、別に御目出度《おめでたく》もありませんが、其所《そこ》が物は比較的な所でね」「死屍《しし》累々とはあの事ですね。それが皆夫婦なんだから実際気の毒ですよ。つまりあすこを二三丁通るうちに、我々は悲劇にいくつ出逢ふか分らないんです」と書かれている。

「二十二章の三」と「二十年も三十年も」の「死屍累々」は、「二〇三〇」で「爾霊《にれい》山《さん》」を思わせる。そして、この小説は短い第二十三章で締めくくられる。「二百三高地」は「二〇三メートル」の高さの丘のことであるから、ヒロインの「御米《およね》」の名もこの

「米《メートル》」を連想させる。

　御米が旅順で斃れた兵士の亡霊であるなら、その死は『門』の新聞掲載の六年前のことである。表の筋では、宗介と御米が砂だらけになってから二十五年が経っていると考えられる。宗介の叔母の住所が「中六番町」の「二十五番地」にされているからである。

　この佐伯の叔母は、宗介について「本当に、怖いもんですね。元はあんな寝入《ねい》つた子じやなかつたが――どうも燥急《はしやぎ》過ぎる位活溌でしたからね。それが二三年見ないうちに、まるで別の人見たように老けちまつて。今ぢやあなたより御爺さん御爺さんしてゐますよ」「いえ、頭や顔は別として、様子がさ」と夫に語り、「こんな会話が老夫婦の間に取り換わされたのは、宗助が出京して以来一度や二度ではなかつた。実際彼は叔父の所へ来ると、老人の眼に映る通りの人間に見えた」と書かれている。

これは話が合わない。

　宗介は御米と一緒に、親も親戚も捨てて京都から広島へ逃げ、さらに福岡に行き、その間に御米は流産し、さらに子供を二人亡くしている。したがって、佐伯夫婦が、砂の事件後の二、三年に宗介に会うことはなかったはずである。それに「老人の眼に映る通りの人間に見えた」の意味がよくわからない。老人の眼に映るように、姿が幽霊のようにぼんやりして不明瞭であるということであろうか。

この夫婦が住んでいるのは、「元は一面の竹藪だった」所が切り開かれ、「秋に入っても別に色づく様子もない。ただ青い草の匂が褪《さ》めて、不揃《ぶそろ》にもじやもじやする評《ばかり》」の「昔の名残の孟宗が中途に二本、上の方に三本ほどすつくりと立つてゐる」崖の下である。『三四郎』では、轢死の現場へ行くために三四郎が飛び降りた土手にも孟宗竹は生えている。「もじゃもじゃ」しているのは、廣田のひげと「二匹の羊」が横たわる小川の畔の草である。

ここで「ばかり」に「評」に字が使われたのは作為的である。『坊っちゃん』の冒頭にある「小供の時から損ばかり」の「そんばかり」は、「尊評」であることを教えてくれる。

この崖上から「額が少し欠けて、そこだけ墨で塗って」ある人形が落とされ、これを浄瑠璃『袖萩《そではぎ》』の「此垣一重《このかきひとえ》が黒鉄《くろがね》の」をもじって、「此餓鬼額《このがきひたえ》が黒欠《くろかけ》の」と洒落《しゃれ》ている。これは、『趣味の遺伝』の「剥《は》げかかった額《がく》」が「禿《は》げかかった額《ひたい》」であることを教える解説のようでもある。

この崖の上からは泥棒も転落する。その痕跡については「枯草が、妙に摺《す》り剥《む》けて、赤土の肌を生々《なまなま》しく露出した」とある。砂に摺り剥けた生々しい赤土という奇妙な表現も、『趣味の遺伝』にある寂光院の土が「ねつとりとして」「肌の細かな赤土」だったことを思い出させる。

このように『門』は、それまでに書かれた「マドンナ」に関わる小説群を走馬灯のように振り返っているようでもあり、これら小説群の読み方を指南する註のようでもある。関連が読み取れる例を以下に挙げてみよう。

『虞美人草』で藤尾の枕頭に逆さまに立てられていたのは抱一の屏風であった。同じ抱一の屏風を古道具屋に売り払うのが御米である。

『吾輩ハ猫デアル』には「顔」の「まずい」芸者である兵士の亡霊が出てくるのに対し、『門』の御米は「子路が一番好きだ」と言う「妙な芸者」の話を唐突に持ち出す。

子路は孔子のまな弟子で、「顔」を斬り刻まれた無惨な死が伝えられている。

比叡山の登り口の「平八茶屋」に寄り、嵐山の「大悲閣」などを散策する宗介と安井は、『虞美人草』の宗近と甲野の二人連れのようである。彼らが逗留した「蔦屋」らしき旅館は、「三条辺の三流位の家であった。宗助はその名前を知っていた」と名を出さず、読者の想像に訴えている。この「三流」も「三軍」の「三」を暗示するために使われているのであろう。

「大悲閣」は大堰川の開削工事で犠牲になった人々の慰霊のために建立された「千光寺」のことであり、『趣味の遺伝』の「寂光院」同様、光に照らされた三千人の白襷隊を暗示する。『それから』の「三千代」は白襷隊三千人の「杙《くい》」で「三千柱」とも読める。他方、御米の「米」の字の形は、背中で「×」に交差する「白襷」を印象づける暗号のようでもある。

宗介は一人で興津の清見寺《せいけんじ》や美保の松原も訪れる。清見寺は松平竹千代、後の徳川家康ゆかりの古刹であり、鎌倉初期の血天井が残されているから、ここでも松樹と竹の音の犠牲者が示唆されている。

宗介は「近」の文字がわからなくなって、御米に教えてもらう。物語にとって余計に思えるこの下りは、「宗介」が『虞美人草』の「宗近」でもあることを示唆するために挿入されたようにも思える。

以上のような手掛かりから、『門』の裏側をつぶさに読み取ることができたなら、旅順攻囲戦の戦死者たちにこだわり続ける小説をなぜ書き続けたのか、というミステリーは解けるかもしれない。

宗介は「頭や顔は別として、様子が」まるで漱石《そうせき》の分身のようであるからである。

小説『門』の連載がまさに終わろうとしていた時、二つの事件が起こった。一つは社会主義者・無政府主義者が逮捕・処刑された大逆事件であり、もう一つは漱石の胃潰瘍《いかいよう》の悪化による入院と修善寺への転地療養である。

あとがき（大患と大逆事件によせて）

『門』の連載を終えた漱石は、明治四十三（一九一〇）年六月に持病である胃潰瘍の悪化で内幸町の長与胃腸病院に入院し、八月に療養のため修善寺に転地した。八月二十四日の夜に大量に吐血して人事不省に陥ったと言われている。弟子の小宮豊隆が「神話化された修善寺の大患」と呼ぶ出来事である。十月十一日に担架で帰京して長与胃腸病院に再入院し、退院したのは翌年二月二十六日であった。漱石が持病の急激な悪化のため執筆を中断していた期間は、奇しくも大逆事件の発覚から終息までの間と重なる。

大逆事件は、天皇の爆殺テロを計画したとされる「明科爆裂弾事件」の容疑者が、明治四十三年五月二十五日に逮捕されたことに端を発し、この事件に関わったとして、社会主義者や無政府主義者が各地で一網打尽に検挙された大掛かりの思想弾圧である。『それから』に「新宿警察署では秋水一人の為に月々百円使つてゐる」とある。無政府主義的言動で当局に警戒監視されていた幸徳秋水も首謀者として、六月一日に湯河原で逮捕される。公正な取り調べもなく、非公開の暗黒裁判によって翌年一月十八日に死刑を言い渡され、六日後に同志たちと共に処刑された。これは思想統制のために仕組まれた冤罪事件であり、桂内閣が元老の山県有朋の圧力により社会主義運動を根絶するために「大逆」の容疑を捏造《ねつぞう》して仕組んだ粛清であった。

大逆事件の二年前、明治四十一年の六月には、「赤旗事件」として知られる錦輝館事件が起きている。筆禍で投獄されていた社会主義者の山口孤剣《こけん》の出所歓迎会として、神田の映画館「錦輝館」で開かれた日本社会党の集会で、過激派が「無政府共産」などと書いた赤旗を翻して革命歌を大声で歌う示威行為を行い、警官隊と乱闘になった事件である。事件が起きたのは穏健な社会主義者に一定の理解を示していた西園寺首相の失政だとして激しく攻撃したのが山県有朋であった。西園寺内閣は倒れ、第二次桂内閣が発足した。これが大逆事件の布石となったのである。

孤剣は事件の乱闘を止めに入ったにもかかわらず、再び投獄される羽目になった。中学生の喧嘩《けんか》に割って入り、免職される『坊っちゃん』の「山嵐」は孤剣のようである。ただし、事件より『坊っちゃん』の出版の方が早い。赤旗事件や竹橋事件のように、自らでっち上げた騒乱の罪を敵に押し付けて自由を弾圧する謀略は「赤シャツ」の山県が得意とする手口であった。

事件の約二カ月後に連載が始まった『三四郎』には、「三四郎は元来あまり運動好きではない。国に居るとき兎狩《うさぎがり》を二三度した事がある。それから高等学校の端艇《ボート》競漕《きやうそう》のときに旗振りの役を勤めた事がある。其《その》時青と赤を間違えて振って大変苦情が出た」とある。これは赤旗事件の諷刺である。運動会の「ボート」、つまり政治運動集会の「暴徒《ぼうと》」が「赤い旗」を振って苦情が出たのである。はねる赤い目をした兎を狩るとは、はね返った共産主義運動を〝芽《め》のうちから摘んだ〟山県による「赤狩り」のことを指すと考えられる。

「修善寺の大患」による執筆中断の後も、胃病による体調の悪化などに苦しみながらも、漱石は小説を書き続けた。大患以後、つまり大逆事件後の小説、それ以前とは作風が変わったように感じられる。物語の裏にある政治批判の諷刺も、「夢幻能」と「マドンナ」という仮説に頼るだけでは、『こころ』『行人』『道草』『明暗』など後期小説のミステリーを解き明かすことはできない。

大逆事件の後、山県有朋によってテロ排除の公安と謀略に特化した「特高」と呼ばれることになる特別高等警察が組織され、政治活動と言論思想の弾圧がさらに厳しくなる。漱石は従来の手法による風刺は危険と考えて、ミステリーを解く「鍵」を変えたのだろうか。それはよくわからない。

大逆事件の不条理に対し、徳富蘆花は大胆にも、首謀者とみなされた幸徳秋水の無罪を訴える天皇宛の嘆願書を東京朝日新聞の主筆池辺三山に送った。漱石を東京朝日新聞に誘ったのは三山である。この硬骨漢の編集者は明治四十四年九月に退社し、翌年二月に亡くなった。漱石の作風が変わったのはそのせいかもしれない。

森鷗外の寓意小説『沈黙の塔』は、社会主義や自然主義などの「危険な書物」を読む仲間を殺して「沈黙の塔」に運び込む「パアシイ族」を揶揄《やゆ》するという体裁を取り、大逆事件を風刺した。「危険な書物」とは、秋水逮捕後に東京朝日新聞が連載した記事「危険なる洋書」に触発されたものである。

事件に言論の危機を感じた池辺三山の朝日新聞は、表現方法が狭められるにもかかわらずできる限りペンによる戦いを続けていたはずである。朝日新聞の社員であった漱石もその戦いの渦中にあった。漱石は事件について表立った発言をしていない。講演「私の個人主義」で「私はあなたがたが自由にあらん事を切望するものであります。同時にあなたがたが義務というものを納得せられん事を願ってやまないのであります。こういう意味において、私は個人主義だと公言してはばからないつもりです」と述べるにとどまっている。

とはいえ、不正義に対しては黙っていられない性分の漱石である。彼の後期の小説を深く読むなら、その裏の筋である「＋f」において事件への諷刺批判を読み取ることができるかもしれない。

明治三十九（一九〇六）年に『吾輩ハ猫デアル』を発表し、文才が認められるようになった漱石は、翌年の十一月、高浜虚子に次のような手紙を送った。

「何だかムズムズしていけません。学校なんどへ出るのが惜しくつてたまらない。やりたい事が多くて困る。僕は十年計画で敵を斃《たお》す積りだったが近来此程《これほど》短気な事はないと思って百年計画にあらためました。百年計画なら大丈夫誰が出ても負けません」

手紙の通り、漱石はその半年後に全ての教職をあっさりと辞し、小説家となった。弟子の森田草平への手紙には「百年の後数百の博士は土と化し千の教授も泥と変ずべし。余は吾文を以て百代の後に伝へんと欲するの野心家なり」「余は隣り近所の賞賛を求めず。天下の信仰を求む。天下の信仰を求めず。後世の崇拝を期す。此希望あるとき余は始めて余の偉大なるを感ず」とある。

「当今《とうこん》の毀誉《きよ》は懼《おそ》るるに足らず。後世の毀誉は懼るべし」（佐藤一斎『言志録』第八十九條）の意気である。

京都大学へ誘ってくれた狩野亨吉《こうきち》にも「愉快の少ない所に居つてあく迄喧嘩をしてみたい」「世の中は僕一人の手でどうもなり様はない。ないからして僕は打死《うちじに》をする覚悟である。打死をしても自分が天分を尽して死んだといふ慰籍があればそれで結構である」「余は余一人で行く所迄行つて、行き盡《つ》いた所で斃れるのである」と、強権化し軍国化する明治政府に小説という手段で挑む闘争への決意を吐露している。

再び高浜虚子に対して「又喧嘩が何年出来るか夫《そ》が楽《たのしみ》に候」「昔はコンナ事を考へた時期があります。正しい人が汚名をきて罪に処せられる程悲惨な事はあるまいと。今の考は全く別であります。どうかそんな人になつて見たい。世界総体を相手にしてハリツケにでもなつてハリツケの上から下を見て此《この》馬鹿野郎と心のうちで軽蔑して死んで見たい」と気炎を吐いている。

さらに同年、神経衰弱で休学し、郷里の広島に引きこもっていた生徒の鈴木三重吉にまで「単に美といふ丈《だけ》では満足ができない。丁度維新の當時《とうじ》勤王家が困苦をなめた様な了見《りょうけん》にならなくては駄目だらうと思ふ。間違つたら神経衰弱でも気違いでも入牢《じゅろう》でもなんでもする了見でなくては文学者にはなれまいと思ふ」「一面に於て俳諧的文學に出入りすると同時に一面に於て死ぬか生きるか、命のやりとりをする様な維新の志士の如き烈しい精神で文學をやつて見たい」と書き送っている。

これらは、不当で不正な権力者を敵に回して渡り合うためには、弾圧され逮捕されることをも覚悟して命懸けで小説を書くしかないという、漱石の抑えきれない心情を垣間見させる。実際、四十歳になろうとする漱石は、それまで全く書いたこともなかった小説を「敵を斃すため」に猛烈に書き始めるのである。

「一面に於て俳諧的文學に出入りすると同時に一面に於て死ぬか生きるか、命のやりとりをする様な文学」とは、自分の文学の表面上の体裁は、その趣旨や意図を読者がよく理解できないような「低徊」小説を装っていても、裏面には筆者の身の危険を招くような激烈な体制批判が込められているとの意味がある。

奇怪で奇妙、かつ矛盾に満ちた「低徊文学」から、「命のやりとりをする様」な文学に出入りする扉をこじ開ける鍵を「旅順口のマドンナ」および「夢幻能」と想定した仮説によって解いた漱石のミステリーの概要は以上の通りである。

「自然は宝石を作るに幾年の星霜を費やし」「宝石が採掘の運に逢ふ迄に、幾年の星霜を静かに輝やいてゐたか」と『三四郎』に書いた漱石の必死の諸作品の真実という「宝石」の一片でも、本書が採掘できているなら望外の幸せである。

本書執筆の機会を与えてくださった帝京大学理事長・学長の冲永佳史氏、帝京大学出版会代表の岡田和幸氏に深く感謝いたします。

二〇二四年二月二十一日

古山　和男

参考図書

夏目漱石著『定本漱石全集』岩波書店・２０１６～２０２０年
夏目漱石著『漱石全集』・岩波書店・１９５６～１９５７年
夏目漱石著『夏目漱石全集』ちくま文庫・１９８７～１９８８年
夏目漱石著『直筆で読む「坊っちゃん」』集英社・２００７年

古山　和男（ふるやま・かずお）
リコーダー演奏家。古楽・音楽文化史研究家。夏目漱石研究家。岐阜県恵那市生まれ。早稲田大学政治経済学部を1973年に卒業。専門はルネサンス・バロック時代の音楽理論と演奏法、舞踏法。著書に『秘密諜報員ベートーヴェン』（新潮新書）『明治の御世の「坊っちゃん」』（春秋社）。映画「ローマの休日」の王女の正体を明らかにした論文「ジョルジュ・オーリックの音楽による映画『ローマ人の休日』における『皇帝ティトゥスの慈悲』」（国立音楽大学研究紀要）や論文「『ラ・ボエーム』のミミとは何者か」（同）などで注目される。

帝京新書005

ミステリー作家《さっか》漱石《そうせき》の謎《なぞ》を解《と》く
―百年計画《ひゃくねんけいかく》で斃《たお》すべき敵《てき》の正体《しょうたい》―

2024年 4 月10日　初版第 1 刷発行

著　者　　古山和男
発行者　　岡田和幸
発行所　　帝京大学出版会（株式会社 帝京サービス内）
〒173-0002　東京都板橋区稲荷台10-7
帝京大学 大学棟 3 号館
電話 03-3964-0121
発　売　　星雲社（共同出版社・流通責任出版社）
〒112-0005　東京都文京区水道1-3-30
電話 03-3868-3275
FAX 03-3868-6588
企画・構成・編集　谷俊宏（帝京大学出版会）
印刷・製本　　精文堂印刷株式会社

ISBN：978-4-434-33829-8

帝京新書創刊のことば

日本国憲法は「すべて国民は、個人として尊重される」（第十三条）とうたっています。

帝京大学の教育理念である「自分流」は、この日本国憲法に連なっています。

自分の生まれ持った個性を尊重し最大限に生かすというのが、私たちの定義する「自分流」です。個性の伸長は生得的な条件や家庭・社会の環境、国家的な制約や国際状況にもちろん左右されます。それでも〈知識と技術〉を習得することにより、個性の力は十分に発揮されることになるはずです。「帝京新書」は、個性の土台となる読者の〈知識と技術〉の習得について支援したいと願っています。

グローバル化が急激に進んだ二十一世紀は、単独の〈知識と技術〉では解決の難しい諸問題が山積しています。国連の持続可能な開発目標（ＳＤＧｓ）を挙げるまでもなく、気候変動から貧困、ジェンダー、平和に至るまで問題は深刻化かつ複雑化しています。だからこそ私たちは産学官連携や社会連携を国内外で推し進め、自らの教育・研究成果を通じて諸問題の解決に寄与したいと取り組んできました。「帝京新書」のシリーズ創刊もそうした連携の一つです。

帝京大学は二〇二六年に創立六十周年を迎えます。

創立以来、私たちは教育において「実学」「国際性」「開放性」の三つに重きを置いてきました。「実学」は実践を通して身につける論理的思考のことです。「国際性」は学習・体験を通した異文化理解のことです。そして「開放性」は〈知識と技術〉に対する幅広い学びを指します。このうちどれが欠けても「自分流」は成就しません。併せて、解決の難しい諸問題を追究することはできません。「帝京新書」にとってもこれら三つは揺るぎない礎です。

大学創立者で初代学長の冲永荘一は開校前に全国を回り、共に学び新しい大学を共に創造する学生・仲間を募りたいと訴えました。今、私たちもそれに倣い、共に読み共に考え共に創る読者・仲間を募りたいと思います。

二〇二三年十二月

帝京大学理事長・学長　冲永佳史